STS

山田社

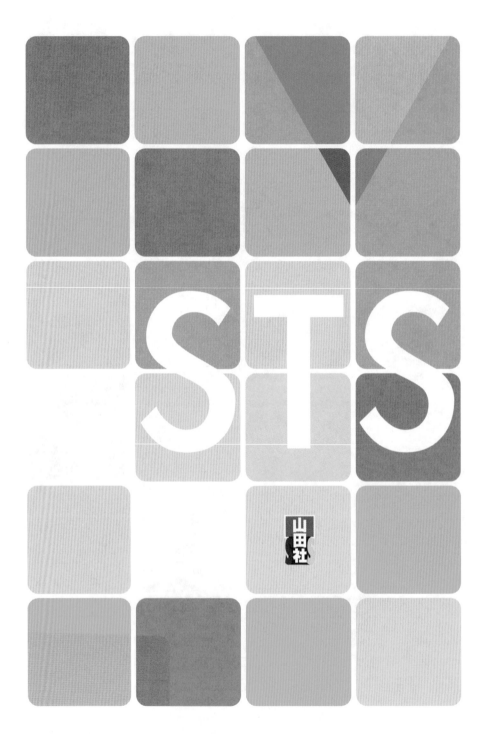

STS

山田社

合格班
日檢文法

考試分數大躍進
累積實力
百萬考生見證
應考秘訣

3

根據日本國際交流基金考試相關概要

N3

攻略問題集
&逐步解説

〔全真模擬試題〕完全對應新制

3

吉松由美・西村惠子・大山和佳子
山田社日檢題庫小組 ◎ 合著

⦿MP3

山田社
Shan Tian She

前言
preface

百分百全面日檢學習對策，讓您震撼考場！
日檢合格班神救援，讓您輕鬆邁向日檢合格之路！
★ 文法闖關遊戲＋文法比較＋模擬試題與解題攻略，就是日檢合格的完美公式！
★ 小試身手！文法闖關大挑戰，學文法原來這麼好玩！
★「心智圖特訓」創造分類概念並全面理解，N3 文法實力大躍進！
★ N3 文法比一比，理清思路，一看到題目就有答案！
★ 拆解句子結構，反覆訓練應考技巧，破解學習文法迷思！
★ 精選全真模擬試題，逐步解說，100% 命中考題！

文法辭典、文法整理、模擬試題…，為什麼買了一堆相關書籍，文法還是搞不清楚？
做了大量的模擬試題，對文法概念還是模稜兩可，總是選到錯的答案？

光做題目還不夠，做完題目你真的都懂了嗎？
別再花冤枉錢啦！重質不重量，好書一本就夠，一次滿足你所有需求！
學習文法不要再東一句西一句！有邏輯、有系統，再添加一點趣味性，才是讓你不會想半路放棄，
一秒搞懂文法的關鍵！

合格班提供 100%全面的文法學習對策，讓您輕鬆取證，震撼考場！

● 100%權威│突破以往，給你日檢合格的完美公式！

多位日檢專家齊聚，聯手策劃！從「文法闖關挑戰」、「心智圖整理」、「文法比較」三大有趣、
有效的基礎學習，到「實力測驗」、「全真模擬試題」、「精闢解題」，三階段隨考隨解的合格保
證實戰檢測，加上突破以往的版面配置與內容編排方式，精心規劃出一套日檢合格的完美公式！

● 100%挑戰│動大腦的興趣開關，學習效果十倍速提升！

別以為「文法」一定枯燥無味！本書每一個章節，都讓你先小試身手，挑戰文法闖關遊戲！接著透
過心智圖概念，將相關文法整理起來，用區塊分類，用顏色加強力度。只要在一開始感到樂趣、提
高文法理解度，就能　動大腦的興趣開關，讓你更容易投入其中並牢牢記住！保證強化學習效果，
縮短學習時間！讓你在準備考試之餘，還有時間聊天、睡飽、玩手遊！

● 100％充足 ︱ 用「比」的學，解決考場窘境，日檢 N3 文法零弱點！

你是不是覺得每個文法都會了，卻頻頻在考場上演左右為難的戲碼？本書了解初學文法的痛點，貼心將易混淆的 N3 文法項目進行整理歸納，依照不同的使用時機，包括時間的表現、原因理由的表現、樣態表現、…等，分成 18 個章節。並將每個文法與意思相近、容易混淆的文法進行比較，讓你解題時不再有模糊地帶，不再誤用文法，一看到題目就有答案，一次的學習就有高達十倍的效果。

本書將每個文法都標出接續方式，讓你透視文法結構，鞏固文法概念。再搭配生活中、考題中的常用句，不只幫助您融會貫通，有效應用在日常生活上、考場上，更加深你的記憶，輕鬆掌握每個文法，提升日檢實力！

● 100％擬真 ︱ 考題神準，臨場感最逼真！

每章節最後附上符合新日檢考試題型的實力測驗，道道題目都是章節重點，讓你透過一章節一測驗的方式加強記憶，熟悉考試題型。最後再附上全真模擬試題總整理，以完全符合新制日檢 N3 文法的考試方式，讓你彷彿親臨考場。接著由金牌日籍老師群帶你直擊考點，逐一解說各道題目，不僅有中日文對照解題，更適時加入補充文法，精準破解考題，並加強文法運用能力，帶你穩紮穩打練就基本功，輕輕鬆鬆征服日檢 N3 考試！

目録　contents

新「日本語能力測驗」測驗成績

1　量尺得分

　　舊制測驗的得分，答對的題數以「原始得分」呈現；相對的，新制測驗的得分以「量尺得分」呈現。

　　「量尺得分」是經過「等化」轉換後所得的分數。以下，本手冊將新制測驗的「量尺得分」，簡稱為「得分」。

2　測驗成績的呈現

　　新制測驗的測驗成績，如表3的計分科目所示。N1、N2、N3的計分科目分為「語言知識（文字、語彙、文法）」、「讀解」、以及「聽解」3項；N4、N5的計分科目分為「語言知識（文字、語彙、文法）、讀解」以及「聽解」2項。

　　會將N4、N5的「語言知識（文字、語彙、文法）」和「讀解」合併成一項，是因為在學習日語的基礎階段，「語言知識」與「讀解」方面的重疊性高，所以將「語言知識」與「讀解」合併計分，比較符合學習者於該階段的日語能力特徵。

■　各級數的計分科目及得分範圍

級數	計分科目	得分範圍
N1	語言知識（文字、語彙、文法）	0～60
	讀解	0～60
	聽解	0～60
	總分	0～180
N2	語言知識（文字、語彙、文法）	0～60
	讀解	0～60
	聽解	0～60
	總分	0～180
N3	語言知識（文字、語彙、文法）	0～60
	讀解	0～60
	聽解	0～60
	總分	0～180
N4	語言知識（文字、語彙、文法）、讀解	0～120
	聽解	0～60
	總分	0～180
N5	語言知識（文字、語彙、文法）、讀解	0～120
	聽解	0～60
	總分	0～180

　　各級數的得分範圍，如表3所示。N1、N2、N3的「語言知識（文字、語彙、文法）」、「讀解」、「聽解」的得分範圍各為0～60分，三項合計的總分範圍是0～180分。「語言知識（文字、語彙、文法）」、「讀解」、「聽解」各占總分的比例是1：1：1。

N4、N5的「語言知識（文字、語彙、文法）、讀解」的得分範圍為0～120分，「聽解」的得分範圍為0～60分，二項合計的總分範圍是0～180分。「語言知識（文字、語彙、文法）、讀解」與「聽解」各占總分的比例是2：1。還有，「語言知識（文字、語彙、文法）、讀解」的得分，不能拆解成「語言知識（文字、語彙、文法）」與「讀解」二項。

除此之外，在所有的級數中，「聽解」均占總分的三分之一，較舊制測驗的四分之一為高。

3　合格基準

舊制測驗是以總分作為合格基準；相對的，新制測驗是以總分與分項成績的門檻二者作為合格基準。所謂的門檻，是指各分項成績至少必須高於該分數。假如有一科分項成績未達門檻，無論總分有多高，都不合格。

新制測驗設定各分項成績門檻的目的，在於綜合評定學習者的日語能力，須符合以下二項條件才能判定為合格：①總分達合格分數（＝通過標準）以上；②各分項成績達各分項合格分數（＝通過門檻）以上。如有一科分項成績未達門檻，無論總分多高，也會判定為不合格。

N1～N3及N4、N5之分項成績有所不同，各級總分通過標準及各分項成績通過門檻如下所示：

級數	總分		分項成績					
			言語知識 （文字・語彙・文法）		讀解		聽解	
	得分 範圍	通過 標準	得分 範圍	通過 門檻	得分 範圍	通過 門檻	得分 範圍	通過 門檻
N1	0～180分	100分	0～60分	19分	0～60分	19分	0～60分	19分
N2	0～180分	90分	0～60分	19分	0～60分	19分	0～60分	19分
N3	0～180分	95分	0～60分	19分	0～60分	19分	0～60分	19分

級數	總分		分項成績			
			言語知識 （文字・語彙・文法）・讀解		聽解	
	得分 範圍	通過 標準	得分 範圍	通過 門檻	得分 範圍	通過 門檻
N4	0～180分	90分	0～120分	38分	0～60分	19分
N5	0～180分	80分	0～120分	38分	0～60分	19分

※上列通過標準自2010年第1回(7月)【N4、N5為2010年第2回(12月)】起適用。

缺考其中任一測驗科目者，即判定為不合格。寄發「合否結果通知書」時，含已應考之測驗科目在內，成績均不計分亦不告知。

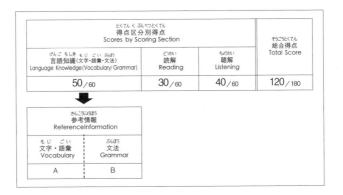

4　測驗結果通知

依級數判定是否合格後，寄發「合否結果通知書」予應試者；合格者同時寄發「日本語能力認定書」。

■ N1, N2, N3

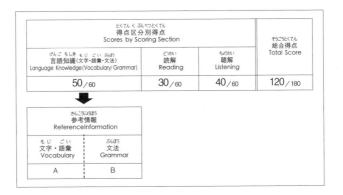

■ N4, N5

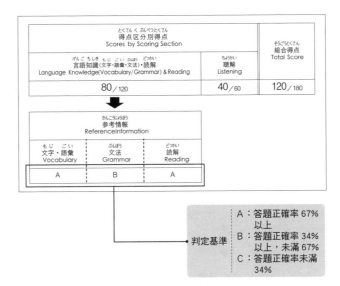

判定基準
A：答題正確率 67% 以上
B：答題正確率 34% 以上，未滿 67%
C：答題正確率未滿 34%

※ 各節測驗如有一節缺考就不予計分，即判定為不合格。雖會寄發「合否結果通知書」但所有分項成績，含已出席科目在內，均不予計分。各欄成績以「＊」表示，如「＊＊／60」。
※ 所有科目皆缺席者，不寄發「合否結果通知書」。

N3　題型分析

測驗科目 (測驗時間)			試題內容		
			題型	小題 題數＊	分析
語言知識 (30分)	文字、語彙	1	漢字讀音　◇	8	測驗漢字語彙的讀音。
		2	假名漢字寫法　◇	6	測驗平假名語彙的漢字寫法。
		3	選擇文脈語彙　◇	11	測驗根據文脈選擇適切語彙。
		4	替換類義詞　○	5	測驗根據試題的語彙或說法，選擇類義詞或類義說法。
		5	語彙用法　○	5	測驗試題的語彙在文句裡的用法。
語言知識、讀解 (70分)	文法	1	文句的文法1 （文法形式判斷）　○	13	測驗辨別哪種文法形式符合文句內容。
		2	文句的文法2 （文句組構）　◆	5	測驗是否能夠組織文法正確且文義通順的句子。
		3	文章段落的文法　◆	5	測驗辨別該文句有無符合文脈。
	讀解＊	4	理解內容 （短文）　○	4	於讀完包含生活與工作等各種題材的撰寫說明文或指示文等，約150～200字左右的文章段落之後，測驗是否能夠理解其內容。
		5	理解內容 （中文）　○	6	於讀完包含撰寫的解說與散文等，約350字左右的文章段落之後，測驗是否能夠理解其關鍵詞或因果關係等等。
		6	理解內容 （長文）　○	4	於讀完解說、散文、信函等，約550字左右的文章段落之後，測驗是否能夠理解其概要或論述等等。
		7	釐整資訊　◆	2	測驗是否能夠從廣告、傳單、提供各類訊息的雜誌、商業文書等資訊題材（600字左右）中，找出所需的訊息。
聽解 (40分)		1	理解問題　◇	6	於聽取完整的會話段落之後，測驗是否能夠理解其內容（於聽完解決問題所需的具體訊息之後，測驗是否能夠理解應當採取的下一個適切步驟）。
		2	理解重點　◇	6	於聽取完整的會話段落之後，測驗是否能夠理解其內容（依據剛才已聽過的提示，測驗是否能夠抓住應當聽取的重點）。
		3	理解概要　◇	3	於聽取完整的會話段落之後，測驗是否能夠理解其內容（測驗是否能夠從整段會話中理解說話者的用意與想法）。
		4	適切話語　◆	4	於一面看圖示，一面聽取情境說明時，測驗是否能夠選擇適切的話語。
		5	即時應答　◆	9	於聽完簡短的詢問之後，測驗是否能夠選擇適切的應答。

＊「小題題數」為每次測驗的約略題數，與實際測驗時的題數可能未盡相同。此外，亦有可能會變更小題題數。

＊有時在「讀解」科目中，同一段文章可能會有數道小題。

＊符號標示：「◆」舊制測驗沒有出現過的嶄新題型；「◇」沿襲舊制測驗的題型，但是更動部分形式；「○」與舊制測驗一樣的題型。

資料來源：《日本語能力試驗JLPT官方網站：分項成績・合格判定・合否結果通知》。2016年1月11日，取自：http://www.jlpt.jp/tw/guideline/results.html

本書使用說明

Point 1 文法闖關大挑戰

小試身手，挑戰文法闖關遊戲！每關題目都是本回的文法重點！

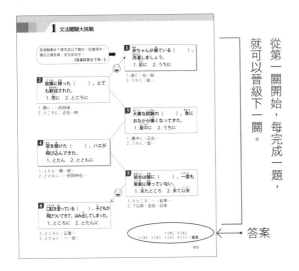

從第一關開始，每完成一題，就可以晉級下一關。

← 答案

Point 2 文法總整理

通過實力測驗後，將本章文法作一次總整理，以圖像化方式，將相關文法整理起來，用區塊分類，用顏色加強力度。保證強化學習效果，縮短學習時間！

文法心智圖

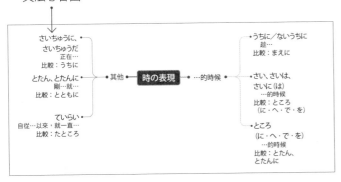

Point 3 文法比較

本書將每個意思相近、容易混淆的文法進行比較，並標出接續方式，讓你透視文法結構，鞏固文法概念，解題時不再有模糊地帶，不再誤用文法，一次的學習就有兩倍的效果。

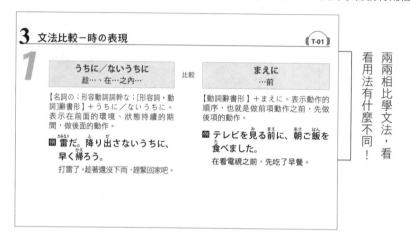

Point 4 新日檢實力測驗＋翻譯解題

每章節最後附上符合新日檢考試題型的實力測驗，並配合翻譯與解題，讓你透過一章節一測驗的方式加強記憶，熟悉考試題型，重新檢視是否還有學習不完全的地方，不遺漏任何一個小細節。

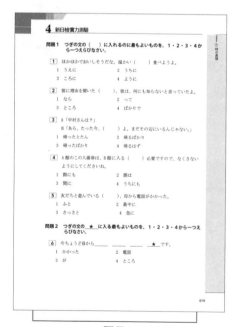

題目

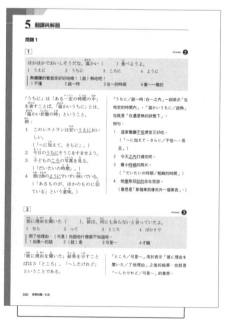

翻譯與解題

Point 5 全一回新日檢模擬考題＋解題攻略

本書全一回模擬考題完全符合新日檢文法的出題方式，從題型、場景設計到
出題範圍，讓你一秒抓住考試重點。配合精闢的解題攻略，整理出日檢 N3 文
法考試的核心問題，引領你一步一步破解題目。

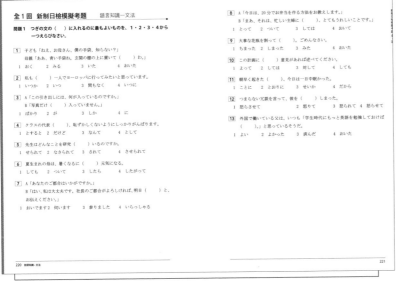

模擬考題

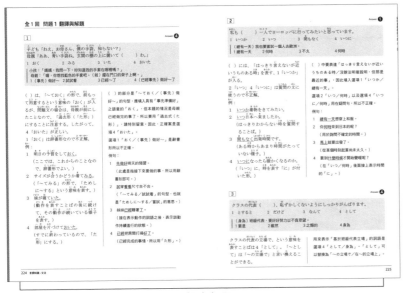

翻譯與解題

Memo

1 文法闖關大挑戰

文法知多少？請完成以下題目，從選項中，選出正確答案，並完成句子。
《答案詳見右下角。》

1 赤ちゃんが寝ている（　　）、洗濯しましょう。
1. 前に　2. うちに

1. 前に：在…前
2. うちに：趁…

2 故郷に帰った（　　）、とても歓迎された。
1. 際に　2. ところに

1. 際に：…的時候
2. ところに：正在…時

3 大事な試験の（　　）、急におなかが痛くなってきた。
1. 最中に　2. うちに

1. 最中に：正在…
2. うちに：趁…

4 窓を開けた（　　）、ハエが飛び込んできた。
1. とたん　2. とともに

1. とたん：剛…就…
2. とともに：…的同時也…

5 彼女は嫁に（　　）、一度も実家に帰っていない。
1. 来たところ　2. 来て以来

1. たところ：…，結果…
2. て以来：自從…以來

6 口紅を塗っている（　　）、子どもが飛びついてきて、はみ出してしまった。
1. ところに　2. とたんに

1. ところに：正當…
2. とたんに：一…就…

答案：（1）2（2）1（3）1（4）1（5）2（6）1

…的時候

□ うちに／ないうちに 比較 まえに

□ さい、さいは、さいに（は） 比較 ところ
（に・へ・で・を）

□ ところ（に・へ・で・を） 比較 とたん、
とたんに

其他

□ さいちゅうに、さいちゅうだ 比較 うちに

□ とたん、とたんに 比較 とともに

□ ていらい 比較 たところ

▌心智圖

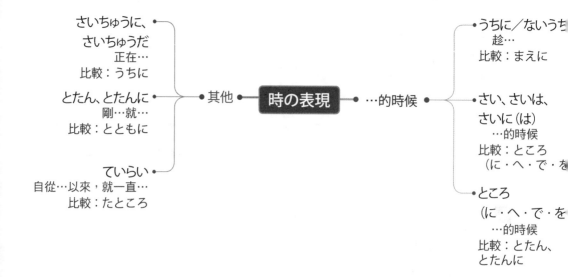

1

| うちに／ないうちに
趁…、在…之內… | 比較 | まえに
…前 |

うちに／ないうちに
趁…、在…之內…

【名詞の；形容動詞詞幹な；[形容詞・動詞]辭書形】＋うちに／ないうちに。表示在前面的環境、狀態持續的期間，做後面的動作。

例 雷だ。降り出さないうちに、早く帰ろう。

打雷了。趁著還沒下雨，趕緊回家吧。

まえに
…前

【動詞辭書形】＋まえに。表示動作的順序，也就是做前項動作之前，先做後項的動作。

例 テレビを見る前に、朝ご飯を食べました。

在看電視之前，先吃了早餐。

2

さい、さいは、さいに（は）
…的時候、在…時、當…之際

比較

ところ（に・へ・で・を）
…的時候、正在…時

【名詞の；動詞普通形】＋さい、さいは、さいに（は）。表示動作、行為進行的時候。相當於「…ときに」。

例 以前、東京でお会いした際、名刺をお渡ししたと思います。

我想之前在東京與您見面時，有遞過名片給您。

【名詞の；形容詞辭書形；動詞て形＋いる；動詞た形】＋ところ（に・へ・で・を）。表示行為主體正在做某事的時候，發生了其他的事情。

例 出かけようとしたところに、電話が鳴った。

正要出門時，電話鈴就響了。

3

ところ（に・へ・で・を）
…的時候、正在…時

比較

とたん、とたんに
剛…就…、立刻…、剎那就…

【名詞の；形容詞辭書形；動詞て形＋いる；動詞た形】＋ところ（に・へ・で・を）。表示行為主體正在做某事的時候，發生了其他的事情。

例 出かけようとしたところに、電話が鳴った。

正要出門時，電話鈴就響了。

【動詞た形】＋とたん、とたんに。表示前項動作和變化完成的一瞬間，發生了後項的動作和變化。由於說話人當場看到後項的動作和變化，因此伴有意外的語感。

例 歌手がステージに出てきたとたんに、地震が起きた。

歌手一上舞台，就發生地震了。

4

さいちゅうに、さいちゅうだ
正在…

比較

うちに
趁…、在…之內…

【名詞の；動詞て形＋いる】＋さいちゅうに、さいちゅうだ。表示某一行為、動作正在進行中。常用在這一時刻，突然發生了什麼事的場合。

例 例の件については、今検討している最中だ。

那個案子，現在正在檢討中。

【名詞の；形容動詞詞幹な；[形容詞・動詞]辭書形】＋うちに。表示在前面的環境、狀態持續的期間，做後面的動作。相當於「…（している）間に」。

例 昼間は暑いから、朝のうちに散歩に行った。

白天很熱，所以趁早去散步。

5

とたん、とたんに
剛…就…，立刻…、剎那就…

比較

とともに
和…一起、與…同時，也…

【動詞た形】＋とたん、とたんに。表示前項動作和變化完成的一瞬間，發生了後項的動作和變化。由於說話人當場看到後項的動作和變化，因此伴有意外的語感。

例 歌手がステージに出てきたとたんに、地震が起きた。

歌手一上舞台，就發生地震了。

【名詞；動詞辭書形】＋とともに。表示後項的動作或變化，跟著前項同時進行或發生。

例 テレビの普及とともに、映画は衰退した。

電視普及的同時，電影衰退了。

6

ていらい
自從…以來，就一直…、…之後

比較

たところ
結果…，或是不翻譯

【動詞て形】＋いらい。表示自從過去發生某事以後，直到現在為止的整個階段。後項是一直持續的某動作或狀態。

例 手術をして以来、ずっと調子がいい。

手術完後，身體狀況一直很好。

【動詞た形】＋ところ。表示因某種目的去作某一動作，但在偶然的契機下得到後項的結果，順接或逆接均可。

例 ホテルに問い合わせたところ、その日はまだ空き室があるということだった。

詢問飯店的結果是，當天還有空房。

4 新日檢實力測驗

問題1　つぎの文の（　　）に入れるのに最もよいものを、1・2・3・4から一つえらびなさい。

1　ほかほかでおいしそうだな。温かい（　　　）食べようよ。

1　うえに　　　　　　　　　2　うちに

3　ころに　　　　　　　　　4　ように

2　彼に理由を聞いた（　　　）、彼は、何にも知らないと言っていたよ。

1　なら　　　　　　　　　　2　って

3　ところ　　　　　　　　　4　ばかりで

3　A「中村さんは？」

B「あら、たった今、（　　　）よ。まだその辺にいるんじゃない。」

1　帰ったとたん　　　　　　2　帰るばかり

3　帰ったばかり　　　　　　4　帰るはず

4　A館のこの入場券は、B館に入る（　　　）必要ですので、なくさないようにしてくださいね。

1　際にも　　　　　　　　　2　際は

3　間に　　　　　　　　　　4　うちにも

5　友だちと遊んでいる（　　　）、母から電話がかかった。

1　ふと　　　　　　　　　　2　最中に

3　さっさと　　　　　　　　4　急に

問題2　つぎの文の＿★＿に入る最もよいものを、1・2・3・4から一つえらびなさい。

6　今ちょうど母から＿＿＿＿　＿＿＿＿　＿＿＿＿　＿★＿です。

1　かかった　　　　　　　　2　電話

3　が　　　　　　　　　　　4　ところ

問題1

1   Answer **2**

ほかほかでおいしそうだな。温かい（　　　）食べようよ。

1　うえに　　　　　　2　うちに　　　　　3　ころに　　　　　4　ように

熱騰騰的看起來好好吃哦！（趁）熱吃吧！

1不僅　　　　2趁〜時　　　　3在〜的時候　　　4像〜一樣的

「うちに」は「ある一定の時間の中」を表すことば。「温かいうちに」とは、「温かい状態の時」ということ。

例：

1　このレストランは安いうえにおいしい。

（「〜に加えて。さらに」。）

2　今日のうちにそうじをすませよう。

3　子どものころの写真を見る。

（「だいたいの時期」。）

4　彼は魚のようにすいすい泳いでいる。

（「あるものが、ほかのものに似ている」という意味。）

「うちに／趁〜時；在〜之內」一詞表示「在特定的時間內」。「温かいうちに／趁熱」也就是「在還是熱的狀態下」。

例句：

1　這家餐廳不但便宜又好吃。

（「〜に加えて。さらに／不但〜。而且」）

2　今天之內打掃完吧。

3　看小時候的照片。

（「だいたいの時期／粗略的時間」）

4　他像魚兒似的自在悠游。

（意思是「某個東西像另外一個東西」。）

2   Answer **3**

彼に理由を聞いた（　　　）、彼は、何にも知らないと言っていたよ。

1　なら　　　　　　2　って　　　　　　3　ところ　　　　　4　ばかりで

問了他理由，（可是）他說他什麼都不知道呀。

1如果〜的話　　　2（就）是　　　3可是〜　　　　4才剛

「彼に理由を聞いた」結果を示すことばは3「ところ」。「〜したけれど」ということである。

「ところ／可是〜」用於表示「彼に理由を聞いた／了他理由」之後的結果，也就是「〜したけれど／可是〜」的意思。

例：

1 食べたくないなら、食べなくてもいいよ。
（「もしそうであれば」という気持ちを表す。）

2 これって、あなたが書いた本なの。（「って」の形で「～というのは。とは」という意味。）

3 友だちに電話したところ、留守だった。

4 引っ越したばかりで、よくわからない。
（まだ時間がたっていないことを表す。）

例句：

1 不想吃的話，不吃也可以喔。
（表達「もしそうであれば／如果這樣的話」的意思。）

2 這個就是你撰寫的書嗎？
（「って／就是」也就是「～というのは。とは／就是。是」的意思。）

3 打電話給朋友，可是他不在家。

4 才剛搬家，所以不太清楚。
（表示還沒過多少時間。）

3

A「中村さんは？」
B「あら、たった今、（　　　）よ。まだその辺にいるんじゃない。」
1 帰ったとたん　　2 帰るばかり　　3 帰ったばかり　　4 帰るはず

A：「中村先生呢？」
B：「咦，他（才剛離開）啊，應該還沒走遠吧？」
1 一離開就　　　2 只好　　　　　3 才剛離開　　　　4 應該離開

「帰ってすぐ」という意味を表すのは3「帰ったばかり」。「ばかり」は「それからまだ時間がたっていないことを表す語」。「ばかり」の前は過去形（「た形」）になる。
2「帰るばかり」は、「ばかり」の前が辞書形になっている。意味が違ってくるので注意しよう。

與「帰ってすぐ／剛離開」意思相同的是選項3「帰ったばかり／才剛離開」。「ばかり／剛～」是「表示在那之後過沒多久的詞語」。「ばかり」的前面要接過去式（「た形」）。
選項2「帰るばかり／只好離開」，這裡的「ばかり／只好」前面接的是辭書形，這樣一來意思就不同了，請多加注意。

例：

1 帰ったとたん、電話がなった。
（帰ったちょうどその時。そのすぐ後）。

2 仕事がすべて終わったので、帰るばかりです。
（帰るしかない。だけ。のみ。）

3 父は、今出かけたばかりです。
（出かけてから時間がたっていない。）

4 母は7時に帰るはずです。
（7時に帰る予定になっている。）

例句：

1 一到家，電話就響了。
（正好到家的時候。一進門馬上發生。）

2 因為工作全部做完了，只好回家了。
（只能回家。只好。僅只。）

3 爸爸剛剛外出了。
（外出後沒過多久。）

4 媽媽七點應該會到家。
（預定七點到家。）

---

4   Answer **①**

A館のこの入場券は、B館に入る（　　　　）必要ですので、なくさないようにしてくださいね。

1 際にも   2 際は   3 間に   4 うちにも

A館的這張入場券，（在）進入B館（的時候）需要出示，請不要弄丟囉。
1 在～的時候也   2 之時   3 的時機   4 趁～之時也

「際」は「時。場合」のこと。時を表す助詞は「に」。A館とB館の両方に必要ということだから、並べる助詞「も」を付けて、「にも」にする。したがって、1「際にも」が適切。

「際／之時」是指「時候。情況」。表示時間的助詞用「に」。因為A館和B館兩邊都需要，所以使用並列的助詞「も／也」，變成「にも／在…也」。因此，選項1「際にも／在的時候也」為最貼切的答案。

5

Answer ❷

> 友だちと遊んでいる（　　　　）、母から電話がかかった。
> 1　ふと　　　　　　2　最中に　　　　　3　さっさと　　　　4　急に
>
> 和朋友玩得（正）開心（時），媽媽打電話來了。
> 1偶然　　　　　　　2正　　　　　　　3迅速地　　　　　　4突然

（　）が「～で（て）いる」に続いていることに注目する。「～で（て）いる」に続くことばは2「最中に」である。問題文は、「友だちと遊んでいるちょうどその時」ということ。
1「ふと」、3「さっさと」、4「急に」は「～で（て）いる」に続かないので不正解。
例：
2　試合をしている最中に、雨が降ってきた。
　　（「ている」になる。）
2　公園で遊んでいる最中に、雨が降りだした
　　（「でいる」になる。）。

請留意（　）是接在「～で（て）いる／正在」之後。可以接在「～で（て）いる」之後的是選項2「最中に／正～之時」。
題目的意思是「正在和朋友玩的時候」。
選項1「ふと／偶然」、選項3「さっさと／迅速地」、選項4「急に／突然」都不會接在「～で（て）いる」的後面，所以不正確。
例句：
2　比賽進行得正精彩，卻下起雨來了。
　　（前面變成「ている」）
2　在公園玩得正高興，卻下雨了。
　　（前面變成「でいる」）

問題2

6

Answer ❹

> 今ちょうど母から＿＿＿＿　＿＿＿＿　＿＿＿＿　★＿＿＿です。
> 1　かかった　　　2　電話　　　　　3　が　　　　　　　4　ところ
>
> 現在正好母親 1 打了 2 電話 來。
> 1打了　　　　　　　2電話　　　　　3 X　　　　　　　　4時候

正しい語順：今ちょうど母から　電話が　かかった　ところ　です。

正確語順：現在正好母親打了電話來。

ちょうどそのときの意味を表す「ところ」の問題である。「ところ」の前は過去形（「た形」）になる。したがって、「電話がかかる」を過去形にした「電話がかかった」が、「ところ」の前に来る。

このように考えていくと、「2→3→1→4」の順となり、問題の＿★＿には、4の「ところ」が入る。

本題學習的是「ところ／就在那個時候」的用法。「ところ」的前面必須是過去式（た形）。因此將「電話がかかる／打電話」改為過去式的「電話がかかった／打了電話」，放在「ところ」的前面。

如此一來順序就是「2→3→1→4」，＿★＿應填入選項4「ところ」。

1 文法闖關大挑戰

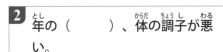

文法知多少？請完成以下題目，從選項中，
選出正確答案，並完成句子。
《答案詳見右下角。》

1
今年の冬は、暖かかった
（　　　）過ごしやすかった。
1. おかげで　2. によって

1. おかげで：多虧…
2. によって：根據…

2
年の（　　　）、体の調子が悪
い。
1. おかげで　2. せいか

1. おかげで：多虧…
2. せいか：可能是（因為）…

3
この商品はセット販売（　　　）、
一つではお売りできません。
1. につき　2. により

1. につき：由於…
2. により：因為…

4
その村は、主に漁業（　　　）
生活しています。
1. に基づいて　2. によって

1. に基づいて：根據…
2. によって：以…

5
隣のテレビがやかましかった
（　　　）、文句をつけに行った。
1. ものだから　2. せいか

1. ものだから：就是因為…
2. せいか：或許是因為…

6
道が混んでいた（　　　）、遅
れてしまいました。
1. もので　2. おかげで

1. もので：因為…
2. おかげで：託…之福

答案：(1) 1 (2) 2 (3) 1 (4) 2
(5) 1 (6) 1

用於不良原因

□ せいか　比較　おかげで

其他

□ おかげで、おかげだ　比較　によっては、
　　により

□ につき　比較　によって（は）、により、
　　による

□ によって（は）、により、による　比較
　　にもとづいて

□ ものだから　比較　せいか

□ もので　比較　おかげで、おかげだ

▌心智圖

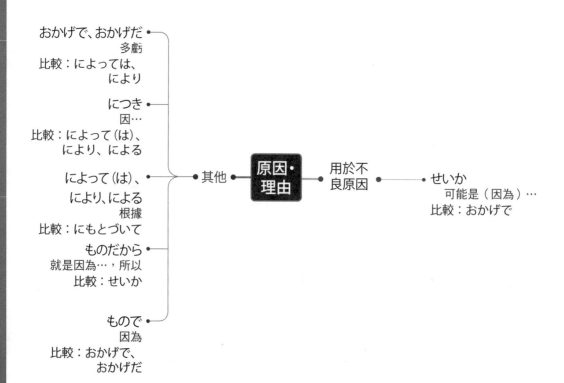

おかげで、おかげだ
　　　　　多虧
比較：によっては、
　　　　　により

につき
　　因…
比較：によって（は）、
　　　により、による

によって（は）、
により、による
　　　　　根據
比較：にもとづいて

ものだから
就是因為…，所以
比較：せいか

もので
　　因為
比較：おかげで、
　　　おかげだ

其他 ● 原因・理由 用於不良原因

せいか
　可能是（因為）…
比較：おかげで

1

せいか
可能是（因為）…的緣故吧

比較

おかげで
託您的福；由於…的緣故

【名詞の；形容動詞詞幹な；[形容詞・動詞]普通形】＋せいか。表示原因或理由。表示發生壞事或不利的原因，但這一原因也説不清，不很明確。

例 物価が上がったせいか、生活が苦しいです。

也許是因為物價上漲，生活才會這麼困苦。

【名詞の；形容動詞詞幹な；形容詞普通形；動詞た形】＋おかげで。表示原因。由於受到某種恩惠，導致後面好的結果。

例 手伝ってもらったおかげで、思ったより早く終わりました。

多虧請別人幫忙，比我想像中的還快完成。

2

おかげで、おかげだ
託您的福；由於…的緣故

比較

によっては、により
根據…、按照…；由於…、因為…

【名詞の；形容動詞詞幹な；形容詞普通形；動詞た形】＋おかげで、おかげだ。表示原因。由於受到某種恩惠，導致後面好的結果。常帶有感謝的語氣。

例 それもこれも、先生のおかげです。

這個也好那個也好，全都是託老師的福。

【名詞】＋によっては、により。表示所依據的方法、方式、手段。或表示句子的因果關係。後項的結果是因為前項的行為、動作而造成、成立的。

例 実例によって、やりかたを示す。

以實際的例子，來出示操作的方法。

3

につき
因…、因為…

比較

によって（は）、により、による
根據…、按照…；由於…、因為…

【名詞】＋につき。接在名詞後面，表示其原因、理由。一般用在書信中比較鄭重的表現方法。

例 5時以降は不在につき、4時半くらいまでにお越しください。

因為5點以後不在，所以請在4點半之前過來。

【名詞】＋によって（は）、により、による。表示所依據的方法、方式、手段。或表示句子的因果關係。後項的結果是因為前項的行為、動作而造成、成立的。

例 人民の人民による人民のための政治。

民有、民治、民享之政治。

4

によって（は）、により、による
根據…、按照…；由於…、因為…

比較

にもとづいて
根據…、按照…、基於…

【名詞】＋によって（は）、により、による。表示所依據的方法、方式、手段。或表示句子的因果關係。後項的結果是因為前項的行為、動作而造成、成立的。

例 実例によって、やりかたを示す。

以實際的例子，來出示操作的方法。

【名詞】＋にもとづいて。表示以某事物為根據或基礎。

例 違反者は法律に基づいて処罰されます。

違者依法究辦。

5

ものだから
就是因為…，所以…

比較

せいか
可能是（因為）…的緣故吧

【[名詞・形容動詞詞幹]な；[形容詞・動詞]普通形】＋ものだから。表示原因、理由。常用在因為事態的程度很厲害，因此做了某事。含有對事出意料之外、不是自己願意等的理由，進行辯白。

例 足が痺れたものだから、立てませんでした。

因為腳麻，所以站不起來。

【名詞の；形容動詞詞幹な；[形容詞・動詞]普通形】＋せいか。表示原因或理由。表示發生壞事或不利的原因，但這一原因也說不清，不很明確；也可以表示積極的原因。

例 物価が上がったせいか、生活が苦しいです。

也許是因為物價上漲，生活才會這麼困苦。

6

もので
因為…、由於…

比較

おかげで、おかげだ
託您的福；由於…的緣故

【形容動詞詞幹な；[形容詞・動詞]普通形】＋もので。意思跟「ので」基本相同，但強調原因跟理由的語氣比較強。前項的原因大多為意料之外或不是自己的意願，後項為此進行解釋、辯白。

例 東京は家賃が高いもので、生活が大変です。

由於東京的房租很貴，所以生活很不容易。

【名詞の；形容動詞詞幹な；形容詞普通形；動詞た形】＋おかげで、おかげだ。表示原因。由於受到某種恩惠，導致後面好的結果。常帶有感謝的語氣。

例 それもこれも、先生のおかげです。

這個也好那個也好，全都是託老師的福。

問題1 次の文章を読んで、文章全体の内容を考えて、　1　から　5　の中に入る最もよいものを、1・2・3・4から一つえらびなさい。

下の文章は、日本に留学したワンさんが、帰国後に日本語の先生に書いた手紙である。

山下先生、ごぶさたしております。　1　後、いかがお過ごしでしょうか。

日本にいる間は、本当にお世話になりました。帰国後しばらくは生活のリズムが　2　ため、食欲がなかったり、ねむれなかったりしましたが、おかげさまで今では　3　元気になり、新しい会社に就職をして、家族で楽しく暮らしています。

国に帰ってからも先生が教えてくださったことをよく思い出します。漢字の勉強を始めたばかりの頃は苦労しましたが、授業で練習の方法を習って、わかる漢字が増えると、しだいに楽しくなりました。また、最後の授業で聞いた、「枕草子※」の話も　4　印象に残っています。私もいつか私の国の四季について、本を書いてみたいです。　5　、先生が私の国にいらっしゃったら、ゆっくりお話をしながら、いろいろな美しい場所にご案内したいと思っています。

もうすぐ夏ですね。どうぞお体に気をつけてお過ごしください。

またお目にかかる時を心から楽しみにしています。

ワン・ソンミン

※枕草子…10 ～ 11 世紀ごろに書かれた日本の有名な文学作品

1

1 あの   2 その
3 あちらの   4 そちらの

2

1 変わる   2 変わった
3 変わりそうな   4 変わらなかった

3

1 すっかり   2 ゆっくり
3 すっきり   4 がっかり

4

1 大きく   2 短く
3 深く   4 長く

5

1 そして   2 でも
3 しかし   4 やはり

5 翻譯與解題

下の文章は、日本に留学したワンさんが、帰国後に日本語の先生に書いた手紙である。

山下先生、ごぶさたしております。　　1　　後、いかがお過ごしでしょうか。日本にいる間は、本当にお世話になりました。帰国後しばらくは生活のリズムが　　2　　ため、食欲がなかったり、ねむれなかったりしましたが、おかげさまで今では　　3　　元気になり、新しい会社に就職をして、家族で楽しく暮らしています。

　国に帰ってからも先生が教えてくださったことをよく思い出します。漢字の勉強を始めたばかりの頃は苦労しましたが、授業で練習の方法を習って、わかる漢字が増えると、しだいに楽しくなりました。また、最後の授業で聞いた、「枕草子※」の話も　　4　　印象に残っています。私もいつか私の国の四季について、本を書いてみたいです。　　5　　、先生が私の国にいらっしゃったら、ゆっくりお話をしながら、いろいろな美しい場所にご案内したいと思っています。

　もうすぐ夏ですね。どうぞお体に気をつけてお過ごしください。
　またお目にかかる時を心から楽しみにしています。

ワン・ソンミン

※ 枕草子…10 ～ 11 世紀ごろに書かれた日本の有名な文学作品

以下文章是曾至日本留學的王先生於回國之後，寫給日文老師的信。

山下老師，許久沒有向您請安，其後是否別來無恙？
待在日本的那段期間，非常感謝老師的照顧。回國後，由於生活作息改變了，導致食慾不佳，也睡不著覺，所幸託您的福，現在已經完全恢復正常，也到新公司工作了，全家過著和樂融融的生活。
　即便回國以後，我還是時常想起老師的教導。剛開始學習漢字的那段日子雖然辛苦，但隨著上課時學到練習的方法，使得認識的漢字逐漸增加，覺得愈來愈有意思了。還有，在最後一堂課聽到的《枕草子※》的故事，也深刻地留在我的腦海裡。我以後也想寫一本書，描述介紹我國的四季嬗遞。並且，如果老師日後來到我的國家，希望一同盡情暢談，並且帶您遊覽許多美麗的風景名勝。
　夏天很快就要來了，請務必保重身體。
　由衷盼望早日再見。

王　松銘

※ 枕草子：第十至十一世紀間的日本知名文學作品。

1　あの	2　その	3　あちらの	4　そちらの
1 那個		2 其（自從道別）	
3 那邊的（離自己或對方較遠）		4 那邊的（離自己或對方較近）	

2「その」は前に話題にされた事柄を指す。「その後」で、「それからのち。それ以来。以後」のこと。ワンさんは山下先生に最後に会ってから以来の情報を知りたがっている。

1「あの」は、話し手も聞き手もともに知っている事柄を指すので不正解。

3「あちらの」は自分や相手から遠く離れた方向や場所、物のことなので不正解。4「そちらの」は聞き手の周辺のことを指し、「後」に続かないので不正解。

例：

1　あの時、お礼を言っておけばよかった。

2　友だちが帰国した。その後、手紙のやりとりを何度もしている。

3　あちらの方はどなたですか。

4　どうぞそちらの席にお座りください。

選項2「その／其（自從道別）」指的是前面曾經提及的事情。「その後／其後」是指「それからのち。それ以来。以後／自〜之後。自從〜以來。〜以後」的意思。也就是說，王先生想知道和山下先生最後一次見面之後，山下先生的相關消息。

選項1「あの／那個」指的是說話者和聽話者都知道的事情，所以不正確。選項3「あちらの／那邊的（離自己或對方較遠）」指的是離說話者和聽話者較遠處或較遠的物品，所以不正確。選項4「そちらの／那邊的（離自己或對方較近）」是指聽話者周圍的事物，後面不會接「後／以後」所以不正確。

例句：

1　那個時候如果記得向他道謝就好了。

2　朋友回國了。在那之後，我們通了好幾封書信。

3　那邊的那位是誰呢？

4　請到那邊的座位坐。

1　変わる	2　変わった	3　変わりそうな	4　変わらなかった
1 改變	2 改變了	3 好像變了	4 沒有改變

後に続くことばが「なかったり」と、過去形（「た形」）になっているので、空欄も過去形にしなければならない。
1「変わる」3「変わりそうな」は過去形ではないので不正解。また、「食欲がなくなったり」「ねむれなかったり」の原因は、「生活のリズム」の変化が考えられるので、4「変わらなかった」では、意味が通じない。
例：
1 大学に合格するため、毎日勉強している。
2 毎日勉強したため、大学に合格した。

由於空格後面接的是「なかったり／也不」與過去式（「た形」），因此空格處也必須使用過去式。
選項1「変わる／改變」以及選項3「変わりそうな／好像變了」都不是過去式，所以不正確。另外，「食欲がなくなったり／食欲不佳」、「ねむれなかったり／也睡不著覺」的原因都是由於「生活のリズム／生活作息」的變化所造成的，因此選項4「変わらなかった／沒有改變」不合邏輯。
例句：
1 為了考上大學，每天都用功讀書。
2 由於每天用功讀書，總算順利考上大學了。

3　　　　　　　　　　　　　　　　　　Answer **1**

1 すっかり	2 ゆっくり	3 すっきり	4 がっかり
1完全	2緩慢	3清爽的	4失望

まったく元気になったことを表す副詞は「すっかり」。
2「ゆっくり」は「急がない様子」、3「すっきり」は「さっぱりして気持ちがいい様子」、4「がっかり」は「思いどおりにならなくて、気を落とす様子」を表すので、文意に合わない。
例：
1 論文はすっかり書き終わった。
2 すべらないように、ゆっくり歩いた。

表示變得非常活力充沛的副詞是「すっかり／完全」。
選項2「ゆっくり／緩慢」是「不著急的樣子」，選項3「すっきり／爽快」是「神清氣爽心情好的樣子」，選項4「がっかり／失望」是「事情不如預想而失落的樣子」，都不符合文意，所以不正確。
例句：
1 論文終於全部完成了。
2 那時為了避免滑倒而慢慢走。

3　よく寝たので、頭がすっきりして
いる。

3　因為睡得很好，頭腦格外清晰。

4　試合に負けて、がっかりした。

4　比賽輸了，令人失落。

4

1　大きく	2　短く	3　深く	4　長く
1 大大地	2 短的	3 深刻地	4 長的

「印象」は「見たり聞いたりして心に
残る感じ」のこと。「印象を残す」
「印象をあたえる」などのように使わ
れる。このことばに合う副詞は3「深
く」。ほかに「強く」もよく使われる
副詞である。ことばによって、使う副
詞が限られてくるので、注意しよう。
例：
1　手を大きくふる。
2　ひもを短く切る。
3　その本を読んで、深く感動した。
4　髪を長くのばす。

「印象／印象」是指「把所看見的所聽見的
是烙印在心理」。常用於「印象を残す／
留下印象」、「印象をあたえる／給的印
象」等句子。符合這個用法的副詞是選項
3「深く／深刻地」。另外,「強く／強
烈地」也是常用的副詞。副詞的使用會受
到不同詞語的限制,請特別留意。

例句：
1　大大地揮手。（亦即,用力揮手。）
2　把線剪短。
3　看了這本書之後,深深地撼動了我。
4　把頭髮留長。

5

1　そして	2　でも	3　しかし	4　やはり
1 並且	2 可是	3 然而	4 果然

「本を書いてみたい」に続けて、後で「ご
案内したい」と、したい内容を追加し
ている。それに合うのは順接（前に述べ
ていることと、後で述べることとが自然
に続いていることを表す）の接続語であ
る。順接の接続語は1「そして」。

空格前面是「本を書いてみたい／想寫一本
書」,並且後面又提到了「ご案内したい／
描述介紹」。因此要找符合順接（前面敘述
的事情和後面敘述的事情是自然無轉折,意
思一致連接下來的）用法的接續詞。順接的
接續詞是選項1「そして／並且」。

2 「でも」と3 「しかし」は逆接（前
と後が反対の意味を表す）の接続語
なので不正解。4 「やはり」は前の
事柄をまとめて、結論づける語なの
で不正解。

例：

1 朝起きて散歩をした。そして、
朝食を食べた。
（順接）

2 友だちに手紙を書いた。でも、
まだ返事がこない。
（逆接）

3 一生懸命練習した。しかし、試
合に負けてしまった。
（逆接）

4 やはり、歩くことがいちばん
健康にいい。

選項2「でも／可是」和選項3「しかし
／然而」是逆接（表示前後意思對立不一
致）的接續詞，所以不正確。而選項4「や
はり／果然」是用來歸納前面事項的結語，
所以也不正確。

例句：

1 早上起床散了步，並且吃了早餐。
（順接）

2 給朋友寄了信，可是還沒有得到回覆。
（逆接）

3 雖然拚命練習了，然而還是輸了比賽。
（逆接）

4 果然散步對健康最有幫助。

日文小祕方—口語常用說法

ちゃ／じゃ／きゃ

		┌─ 口語變化 ─┐	┌─ 中譯 ─┐
1	では ➡	じゃ	可不翻譯

說明 在口語中「では」幾乎都變成「じゃ」。「じゃ」是「では」的縮略形式，也就是縮短音節的形式，一般是用在口語上。多用在跟自己比較親密的人，輕鬆交談的時候。

▶ これ、あんまりきれいじゃないね。
　這個好像不大漂亮耶！

▶ あの人、正子じゃない？
　　　ひと　　まさこ
　那個人不是正子嗎？

		┌─ 口語變化 ─┐	┌─ 中譯 ─┐
2	てしまう ➡	ちゃう	…完、…了
	でしまう ➡	じゃう	

說明 【動詞て形（去て）】＋ちゃう／じゃう。「…ちゃう」是「…てしまう」的省略形。表示完了、完畢，或某一行為、動作所造成無可挽回的現象或結果，亦或是某種所不希望的或不如意事情的發生。な、ま、が、ば行動詞的話，用「…じゃう」。

▶ 夏休みが終わっちゃった。
　なつやす　　お
　暑假結束囉！

▶ うちの犬が死んじゃったの。
　　　いぬ　し
　我家養的狗死掉了。

1 文法闖關大挑戰

文法知多少？請完成以下題目，從選項中，
選出正確答案，並完成句子。
《答案詳見右下角。》

1 台風（たいふう）のため、午後（ごご）から高潮（たかしお）（　）。
　1. のおそれがあります
　2. ないこともない

1. おそれがある：有…的危險
2. ないこともない：並不是不…

2 理由（りゆう）があるなら、外出（がいしゅつ）を許可（きょか）（　）。
　1. しないこともない
　2. することはない

1. ないこともない：也不是不…
2. ことはない：用不著…

3 彼女（かのじょ）は、わざと意地悪（いじわる）をしている（　）。
　1. よりしかたがない
　2. に決（き）まっている

1. よりしかたがない：除了…之外沒有…
2. に決まっている：一定是…

4 このダイヤモンドは高（たか）い（　）。
　1. ほかない　2. に違（ちが）いない

1. ほかない：只好…
2. に違いない：肯定…

5 もしかして、知（し）らなかったのは私（わたし）だけ（　）。
　1. ではないだろうか
　2. ないこともない

1. ではないだろうか：我認為不是…嗎
2. ないこともない：不是不…

6 高橋（たかはし）さんは必（かなら）ず来（く）ると言（い）っていたから、来（く）る（　）。
　1. はずだ　2. わけだ

1. はずだ：應該…
2. わけだ：怪不得…

7 （靴（くつ）を買（か）う前（まえ）に試（ため）しに履（は）いてみて）ちょっと大（おお）きすぎる（　）。
　1. みたいだ　2. らしい

1. みたいだ：好像…
2. らしい：似乎…

8 王（おう）さんがせきをしている。風邪（かぜ）を引（ひ）いた（　）。
　1. らしい　2. はずだ

1. らしい：有…的樣子
2. はずだ：應該…

答案：(1) 1 (2) 1 (3) 2 (4) 1
(5) 1 (6) 1 (7) 1 (8) 1

判断・推量 | 可能性

判断・推量

□ にきまっている　比較　より（ほか）ない、
　よりしかたがない
□ にちがいない　比較　ほかない、ほかはない
□ （の）ではないだろうか、ないかとおもう
　比較　ないこともない、ないことはない
□ はずだ　比較　わけだ
□ みたいだ　比較　らしい
□ らしい　比較　はずだ

可能性

□ おそれがある　比較　ないこともない、な
　いことはない
□ ないこともない、ないことはない　比較
　ことは（も）ない
□ わけがない、わけはない　比較　わけでは
　ない、わけでもない
□ わけではない、わけでもない　比較　わけ
　にはいかない、わけにもいかない
□ んじゃない、んじゃないかとおもう　比較
　にちがいない

▶心智圖

おそれがある
　　有…的危險
比較：ないこともな
い、ないことはない

ないこともない、
ないことはない
　　並不是不…
比較：ことは（も）
　　　　ない

わけがない、
　わけはない
　　　不可能
比較：わけではない、
　　　わけでもない

わけでわけではない、
　わけでもない
　　　並不是…
比較：わけにはいかな
い、わけにもいかない

んじゃない、
んじゃないかとおもう
　　　不…嗎
比較：にちがいない

● 可能性

判断・推量・可能性

判断・
推量

● にきまっている
　　　肯定是…
比較：より（ほか）な
い、よりしかたがない

● にちがいない
　　　一定是…
比較：ほかない、ほか
はない

● （の）ではないだろうか、
　ないかとおもう
　　我認為不是…嗎
比較：ないこともない、
ないことはない

● はずだ
　　（按理說）應該…
比較：わけだ

● みたいだ
　　　好像…
比較：らしい

● らしい
　　　似乎…
比較：はずだ

1

にきまっている
肯定是…、一定是…

比較

【名詞；[形容詞・動詞]普通形】＋にきまっている。表示説話人根據事物的規律，覺得一定是這樣，不會例外，充滿自信的推測。

例 私だって、結婚したいに決まっているじゃありませんか。ただ、相手がいないだけです。

我也是想結婚的不是嗎？只是沒有對象呀。

より（ほか）ない、よりしかたがない　只有…、除了…之外沒有…

【名詞；動詞辭書形】＋より（ほか）ない；【動詞辭書形】＋よりしかたがない。後面伴隨著否定，表示這是唯一解決問題的辦法。

例 こうなったら一生懸命やるよりない。

事到如今，只能拚命去做了。

2

にちがいない
一定是…、准是…

比較

【名詞；形容動詞詞幹；[形容詞・動詞]普通形】＋にちがいない。表示説話人根據經驗或直覺，做出非常肯定的判斷。

例 この写真は、ハワイで撮影されたに違いない。

這張照片，肯定是在夏威夷拍的。

ほかない、ほかはない
只有…、只好…、只得…

【動詞辭書形】＋ほかない、ほかはない。表示雖然心裡不願意，但又沒有其他方法，只有這唯一的選擇，別無他法。

例 誰も助けてくれないので、自分で何とかするほかない。

因為沒有人可以伸出援手，只好自己想辦法了。

3

（の）ではないだろうか、ないかとおもう　我認為不是…嗎、我想…吧

比較

【名詞；[形容詞・動詞]普通形】＋（の）ではないだろうか、ないかとおもう。表示意見跟主張。是對某事能否發生的一種預測，有一定的肯定意味。

例 彼は誰よりも君を愛していたのではないかと思う。

我覺得他應該比任何人都還要愛妳吧。

ないこともない、ないことはない
並不是不…、不是不…

【動詞否定形】＋ないこともない、ないことはない。使用雙重否定，表示雖然不是全面肯定，但也有那樣的可能性，是一種有所保留的消極肯定説法。

例 彼女は病気がちだが、出かけられないこともない。

她雖然多病，但並不是不能出門的。

4

| はずだ (按理說) 應該…;怪不得… | 比較 | わけだ 當然…、怪不得… |

【名詞の;形容動詞詞幹な;[形容詞・動詞]普通形】＋はずだ。表示説話人根據自己擁有的知識、知道的事實或理論來推測出結果。主觀色彩強，是較有把握的推斷。

例 彼はイスラム教徒だから、豚肉は食べないはずです。

　　他是伊斯蘭教的，應該不吃豬肉。

【形容動詞詞幹な;[形容詞・動詞]普通形】＋わけだ。表示按事物的發展，事實、狀況合乎邏輯地必然導致這樣的結果。

例 あ、賞味期限が切れている。おいしくないわけだ。

　　原來過了保存期限了，難怪不好吃！

5

| みたいだ 好像… | 比較 | らしい 似乎…、像…樣子、有…風度 |

【名詞;形容動詞詞幹;[動詞・形容詞]普通形】＋みたいだ。表示不是很確定的推測或判斷。

例 体がだるいなあ。風邪をひいたみたいだ。

　　我感覺全身倦怠，似乎著涼了。

【名詞;形容動詞詞幹;[形容詞・動詞]普通形】＋らしい。推量用法。説話者不是憑空想像，而是根據所見所聞來做出判斷。或表示具有該事物或範疇典型的性質。

例 地面が濡れている。夜中に雨が降ったらしい。

　　地面是濕的。晚上好像有下雨的樣子。

6

| らしい 似乎…像…樣子、有…風度 | 比較 | はずだ (按理說) 應該…;怪不得… |

【名詞;形容動詞詞幹;[形容詞・動詞]普通形】＋らしい。推量用法。説話者不是憑空想像，而是根據所見所聞來做出判斷。或表示具有該事物或範疇典型的性質。

例 今度の試験はとても難しいらしいです。

　　這次的考試好像會很難的樣子。

【名詞の;形容動詞詞幹な;[形容詞・動詞]普通形】＋はずだ。表示説話人根據自己擁有的知識、知道的事實或理論來推測出結果。主觀色彩強，是較有把握的推斷。

例 彼はイスラム教徒だから、豚肉は食べないはずです。

　　他是伊斯蘭教的，應該不吃豬肉。

7

おそれがある
有…的危險、恐怕會…、搞不好會…

比較

ないこともない、ないことはない
並不是不…、不是不…

【名詞の；形容動詞詞幹な；[形容詞・動詞]辭書形】＋おそれがある。表示有發生某種消極事件的可能性。只限於用在不利的事件。常用在新聞或報導中。

例 それを燃やすと、悪いガスが出るおそれがある。

那個一燃燒，恐怕會產生不好的氣體。

【動詞否定形】＋ないこともない、ないことはない。使用雙重否定，表示雖然不是全面肯定，但也有那樣的可能性，是一種有所保留的消極肯定說法。

例 彼女は病気がちだが、出かけられないこともない。

她雖然多病，但並不是不能出門的。

8

ないこともない、ないことはない
並不是不…、不是不…

比較

ことは（も）ない
不要…、用不著…

【動詞否定形】＋ないこともない、ないことはない。使用雙重否定，表示雖然不是全面肯定，但也有那樣的可能性，是一種有所保留的消極肯定說法。

例 彼女は病気がちだが、出かけられないこともない。

她雖然多病，但並不是不能出門的。

【[形容詞・形容動詞・動詞]た形；動詞辭書形】＋ことは（も）ない。表示鼓勵或勸告別人，沒有做某一行為的必要。

例 日本でも勉強できるのに、アメリカまで行くことはないでしょう。

在日本明明也可以學，不必遠赴美國吧！

9

わけがない、わけはない
不會…、不可能…

比較

わけではない、わけでもない
並不是…、並非…

【形容動詞詞幹な；[形容詞・動詞]普通形】＋わけがない、わけはない。表示從道理上而言，強烈地主張不可能或沒有理由成立。

例 こんな簡単なことをできないわけがない。

這麼簡單的事情，不可能辦不到。

【形容動詞詞幹な；[形容詞・動詞]普通形】＋わけではない、わけでもない。表示不能簡單地對現在的狀況下某種結論，也有其它情況。

例 けんかばかりしていても、互いに嫌っているわけでもない。

老是吵架，也並不代表彼此互相討厭。

10

わけではない、わけでもない
並不是…、並非…

比較

わけにはいかない、わけにもいかない 不能…、不可…

【形容動詞詞幹な；[形容詞・動詞]普通形】＋わけではない、わけでもない。表示不能簡單地對現在的狀況下某種結論，也有其它情況。

例 けんかばかりしていても、互いに嫌っているわけでもない。

老是吵架，也並不代表彼此互相討厭。

【動詞辭書形；動詞ている】＋わけにはいかない、わけにもいかない。表示由於一般常識、社會道德或過去經驗等約束，那樣做是不可能的、不能做的、不單純的。

例 友達を裏切るわけにはいかない。

友情是不能背叛的。

11

んじゃない、んじゃないかとおもう
不…嗎、莫非是…

比較

にちがいない
一定是…、准是…

【名詞な；形容動詞詞幹な；[形容詞・動詞]普通形】＋んじゃない、んじゃないかとおもう。是「のではないだろうか」的口語形。表示意見跟主張。

例 花子？もう帰ったんじゃない。

花子？她應該已經回去了吧。

【名詞；形容動詞詞幹；[形容詞・動詞]普通形】＋にちがいない。表示説話人根據經驗或直覺，做出非常肯定的判斷。

例 この写真は、ハワイで撮影されたに違いない。

這張照片，肯定是在夏威夷拍的。

問題1 次の文章を読んで、文章全体の内容を考えて、 1 から 5 の中に入る最もよいものを、1・2・3・4から一つえらびなさい。

下の文章は、日本に来た外国人が書いた作文である。

私が1回目に日本に来たのは15年ほど前である。その当時の日本人は周りの人にも 1 接し、礼儀正しく親切で、私の国の人々に比べてまじめだと感じた。 2 、今回の印象はかなり違う。いちばん驚いたのは、電車の中で、人々が携帯電話に夢中になっていることである。特に若い人たちは、混んだ電車の中でもいち早く座席に座り、座るとすぐに携帯電話を取り出してメールをしたりしている。周りの人を見ることもなく、みな同じような顔をして、同じように携帯の画面を見ている。 3 日本人たちから、私は、他の人々を寄せ付けない冷たいものを感じた。

来日1回目のときの印象は、違っていた。満員電車に乗り合わせた人たちは、お互いに何の関係もないが、そこに、見えないつながりのようなものが感じられた。座っている自分の前にお年寄りが立っていると、席を譲る人が多かったし、混み合った電車の中でも、「毎日大変ですね…」といった共感※のようなものがあるように思った。

これは、日本社会が変わったからだろうか、 4 、私の見方が変わったのだろうか。

どこの国にもさまざまな問題があるように、日本にもいろいろな社会問題があり、それに伴って社会や人々の様子も少しずつ変化するのは当然である。日本も15年前とは変わったが、それにしてもやはり、日本人は現在のところ、他の国に比べれば礼儀正しく、また、社会の秩序もしっかり守られている。そのことは、とても 5 。これらの日本人らしさは、変わらないでほしいと思う。

※共感…自分もほかの人も同じように感じること。

1

1 つめたく 　　　　　2 さっぱり

3 温かく 　　　　　　4 きびしく

2

1 また 　　　　　　　2 そして

3 しかし 　　　　　　4 それから

3

1 こういう 　　　　　2 そんな

3 あんな 　　　　　　4 どんな

4

1 それとも 　　　　　2 だから

3 なぜ 　　　　　　　4 つまり

5

1 いいことだろうか 　　　　2 いいことにはならない

3 いいことだと思われる 　　4 　いいことだと思えない

5 翻譯與解題

下の文章は、日本に来た外国人が書いた作文である。

　　私が1回目に日本に来たのは15年ほど前である。その当時の日本人は周りの人にも　1　接し、礼儀正しく親切で、私の国の人々に比べてまじめだと感じた。　2　、今回の印象はかなり違う。いちばん驚いたのは、電車の中で、人々が携帯電話に夢中になっていることである。特に若い人たちは、混んだ電車の中でもいち早く座席に座り、座るとすぐに携帯電話を取り出してメールをしたりしている。周りの人を見ることもなく、みな同じような顔をして、同じように携帯の画面を見ている。　3　日本人たちから、私は、他の人々を寄せ付けない冷たいものを感じた。

　　来日1回目のときの印象は、違っていた。満員電車に乗り合わせた人たちは、お互いに何の関係もないが、そこに、見えないつながりのようなものが感じられた。座っている自分の前にお年寄りが立っていると、席を譲る人が多かったし、混み合った電車の中でも、「毎日大変ですね…」といった共感※のようなものがあるように思った。

　　これは、日本社会が変わったからだろうか、　4　、私の見方が変わったのだろうか。

　　どこの国にもさまざまな問題があるように、日本にもいろいろな社会問題があり、それに伴って社会や人々の様子も少しずつ変化するのは当然である。日本も15年前とは変わったが、それにしてもやはり、日本人は現在のところ、他の国に比べれば礼儀正しく、また、社会の秩序もしっかり守られている。そのことは、とても　5　。これらの日本人らしさは、変わらないでほしいと思う。

　　※ 共感…自分もほかの人も同じように感じること。

以下文章是來到日本的外國人所寫的作文。

　我第一次來日本是在大約十五年前。當時的日本人對待身邊的人十分熱情，很有禮貌並且親切，並且感覺比我的國人更加誠實。然而，這回的印象卻截然不同了。最令我驚訝的是電車裡沉迷於手機的人們。尤其是年輕人，即使是在擁擠的電車中也能迅速地搶到座位，坐下後就立刻拿出手機，開始傳訊息。看也不看周圍的人，大家都是同樣的表情、同樣盯著手機螢幕。從那樣的日本人身上，我感覺到生人勿近的冷漠。

　第一次來日本時的印象可就不同了。在擁擠的車廂裡偶然共乘的人們，彼此雖沒有任何關係，卻彷彿有某種無形的羈絆。只要有年長者站在自己坐的位子前，很多人會主動讓位，即使在擁擠的車廂內，似乎也能感受到大家心裡「每天都很辛苦呢…」的這種共鳴※。

這是因為日本社會改變了嗎？還是說，是我的想法改變了呢？

　就像每個國家都有各式各樣的問題，日本也存在著許許多多的社會問題，伴隨著這些，社會和人們的樣子一點一點的變化也是理所當然的。日本和15年前已經不同了，不過即便如此，現在的日本人和其他國家相比仍是彬彬有禮並且遵守社會秩序。這是非常棒的一件事。希望這些日本人的民族性格不會改變。

　※ 共鳴…自己和其他人都有同樣的感受。

Answer **3**

1 つめたく	2 さっぱり	3 温かく	4 きびしく
1 冷漠	2 徹底	3 熱情	4 嚴格

1回目に日本へ来た筆者は日本人を好意的にとらえているので、1「つめたく」4「きびしく」は不正解である。
2の「あっさり」も意味が合わないので、不正解。
3「温かく」は愛情や好意が感じられることばなので、適切である。
例：

1　友だちにつめたくされてしまった。

2　さっぱりあきらめた。

3　お客様を温かくむかえる。

4　子どもをきびしく注意する。

因為第一次到日本來的作者對日本人有好感，所以選項1「つめたく／冷漠」和選項4「きびしく／嚴格」都不正確。選項2「さっぱり／徹底」與文意不符，因此也不正確。

選項3因為「温かく／熱情」是能讓人感受到情誼或好感的詞語，所以最合適。

例句：

1　遭到了朋友的冷漠對待。

2　徹底放棄了。

3　熱情地迎接客人。

4　嚴厲地警告孩子。

Answer **3**

1 また	2 そして	3 しかし	4 それから
1 另外	2 然後	3 不過	4 還有

2回目に日本に来た筆者は「他の人々を寄せ付けない冷たいもの」を感じている。最初の印象と反対なので3「しかし」が適切である。
1「また」は並べる時の接続語なので不正解。2「そして」は前の事柄を受けて、後へつなげる時の接続なので不正解。4「それから」は前の事柄に加えて後の事柄が起こることを示す接続語なので不正解。

第二次到日本來的作者感覺到「他の人々を寄せ付けない冷たいもの／難以接近其他人的冷漠」。因為和最初的印象相反，所以選項3「しかし／不過」最為適當。

選項1「また／另外」是列舉多項事物時的連接詞，所以不正確。選項2「そして／然後」是承接前面事項、連接後面敘述的連接詞，所以不正確。選項4「それから／還有」是表示除前面事項外，還發生了後面事項的連接詞，所以不正確。

例：

1 私は読書が好きだ。<u>また</u>、スポーツも好きだ。

2 家に帰った。<u>そして</u>、アルバイトに行った。

3 台風が来た。<u>しかし</u>、被害はなかった。

4 スーパーで買い物をした。<u>それから</u>、料理を作った。

例句：

1 我喜歡讀書。<u>另外</u>，也喜歡運動。

2 回家了，<u>然後</u>去打工了。

3 颱風來了，<u>不過</u>沒有災情。

4 在超市買了東西，<u>還</u>做了料理。

3

Answer ❷

1 こういう	2 そんな	3 あんな	4 どんな
1 這種	2 那麼的	3 那樣的	4 什麼樣的

前の文章からどんな「日本人たち」なのかをとらえる。混んだ電車の中で携帯の画面を見ている若い人たちのことを言っている。前の内容を指す指示語は2「そんな」。

1「こういう」という言い方は不自然。3「あんな」は話し手も読み手も知っている事柄を指す指示語なので不正解。4「どんな」はわからないことを問う指示語なので不正解。

例：

2 <u>そんな</u>ひどいこと言われたの。

3 <u>あんな</u>ことを言ってはいけません。

4 今、<u>どんな</u>本を読んでいるの？

本題要從前文推敲是怎麼樣的「日本人たち／日本人們」。這裡指的是在擁擠的電車中盯著手機螢幕的年輕人。用來指稱前面內容的指示語是選項2「そんな／那樣的」。

選項1「こういう／這種」的用法不通順。

選項3「あんな／那種的」是用於指稱作者和讀者都知道之事的指示語，所以不正確。選項4「どんな／什麼樣的」是詢問不清楚之事時的指示語，所以不正確。

例句：

2 被說了<u>那麼</u>過分的話。

3 不准說<u>那樣的</u>話！

4 現在在看<u>什麼樣的</u>書？

1 それとも	2 だから	3 なぜ	4 つまり
1 還是說	2 所以	3 為什麼	4 也就是說

空欄の前で「日本社会が変わったから
だろうか」、後で「私の見方が変わっ
たのだろうか」と、二つのうち、どち
らかを選んでいる。その時使う接続語
は1「それとも」である。
2「だから」は前の事柄を受けて、あ
とのことが言える時に使う接続語。3
「なぜ」は理由を問う接続語。4「つ
まり」は前に述べたことを要約したり
言い換えたりする時に使うことば。
例：
1 山に行きますか。それとも海に行
きますか。
2 明日試験がある。だから、今夜は
勉強しなければならない。
3 なぜ、あなたは遅刻したのです
か。
4 甘いもの、つまり、ケーキやチョ
コレートなどが大好きだ。

空格前面是「日本社会が変わったからだ
ろうか／這是因為日本社會改變了嗎」，
空格後面是「私の見方が変わったのだろ
うか／是我的想法改變了呢」，意思是從
這兩項選出一個。這時要使用的連接詞是
選項1「それとも／還是說」。

選項2「だから／所以」是承接前面事項，
以便談論後面事項時的連接詞。選項3「な
ぜ／為什麼」是詢問理由的連接詞。選項
4「つまり／也就是說」是用於簡化前面
敘述的事情，或是換句話說時使用的詞語。
例句：
1 要去山上嗎？還是說要去海邊呢？
2 明天要考試，所以今晚非得念書不可。
3 你為什麼遲到了？
4 甜食，也就是蛋糕和巧克力之類的我
最喜歡了！

5

1 いいことだろうか	2 いいことにはならない
3 いいことだと思われる	4 いいことだと思えない

| 1是好事吧 | 2不會變成好事 | 3被認為是好事 | 4不認為是好事 |

前の文に「日本人は現在のところ、他の国に比べれば礼儀正しく、また、社会の秩序もしっかり守られている」とある。これは、「いいこと」を述べているが、2と4は否定的な言い方をしているので不正解。1は「いいこと」を述べてはいるが、疑問の言い方になっているので不正解。

空格前幾句提到「日本人は現在のところ、他の国に比べれば礼儀正しく、また、社会の秩序もしっかり守られている／目前的日本人和其他國家相比，仍是彬彬有禮並且遵守社會秩序」。這是在陳述「いいこと／優點」，但選項2和4是否定的說法，所以不正確。選項1雖是陳述「いいこと／優點」，但由於是疑問句，所以不正確。

日文小祕方—口語常用說法

ちゃ／じゃ／きゃ

┌─ 口語變化 ─┐　　　　┌─ 中譯 ─┐

①

| てはいけない | ➡ | ちゃいけない | 不要…、 |
| ではいけない | ➡ | じゃいけない | 不許… |

說明【形容詞く形；動詞て形】＋ちゃいけない；【名詞；形容動詞詞幹】＋じゃいけない。「…ちゃいけない」為「…てはいけない」的口語形。表示根據某種理由、規則禁止對方做某事，有提醒對方注意、不喜歡該行為而不同意的語氣。

▶ ここで走っちゃいけないよ。
　はし
　不可以在這裡奔跑喔！

▶ 子供がお酒を飲んじゃいけない。
　こども　さけ　の
　小孩子不可以喝酒。

┌─ 口語變化 ─┐　　　　┌─ 中譯 ─┐

②

| なくてはいけない | ➡ | なくちゃいけない | 不能不…、 |
| なければならない | ➡ | なきゃならない | 不許不…；
必須… |

說明【名詞で；形容詞く形；形容動詞詞幹で；動詞普通形】＋なくちゃいけない。「…なくちゃいけない」為「…なくてはいけない」的口語形。表示規定對方要做某事，具有提醒對方注意，並有義務做該行為的語氣。多用在個別的事情、對某個人。

　　【名詞で；形容詞く形；形容動詞詞幹で；動詞否定形（去い）】＋なきゃならない。「なきゃならない」為「なければならない」的口語形。表示無論是自己或對方，從社會常識或事情的性質來看，不那樣做就不合理，有義務要那樣做。

▶ 毎日、ちゃんと花に水をやらなくちゃいけない。
　まいにち　　　　はな　みず
　每天都必須幫花澆水。

▶ それ、今日中にしなきゃならないの。
　　きょうじゅう
　這個非得在今天之內完成不可。

様態・傾向

1 文法闖關大挑戰

文法知多少？請完成以下題目，從選項中，
選出正確答案，並完成句子。
《答案詳見右下角。》

1 それは（　　　）マフラーです。
1. 編み出す
2. 編みかけの

1. だす：…起來
2. かけ：正…

2 私の母はいつも病気（　　　）
です。
1. がち　2. ぎみ

1. がちだ：容易…
2. ぎみ：有點…

3 どうも学生の学力が下がり
（　　　）です。
1. ぎみ　2. っぽい

1. ぎみ：有點…
2. っぽい：感覺像…

4 子どもは泥（　　　）になるま
で遊んでいた。
1. だらけ　2. ばかり

1. だらけ：滿是…
2. ばかり：淨是…

5 （　　　）と太りますよ。
1. 寝てばかりいる
2. 寝る一方だ

1. ばかり：光…
2. いっぽうだ：一直…

6 あの人は忘れ（　　　）困る。
1. らしくて
2. っぽくて

1. らしい：像…樣子
2. っぽい：感覺像…

7 この仕事は明るくて社交的な人
（　　　）です。
1. 向き　2. 向け

1. 向き：適合…
2. 向け：針對…

8 初心者（　　　）パソコンは、
たちまち売れてしまった。
1. 向けの　2. っぽい

1. 向け：針對…
2. っぽい：感覺像…

答案：(1) 2 (2) 1 (3) 1 (4) 1
(5) 1 (6) 2 (7) 1 (8) 1

<table>
</table>

様態
- □ かけた、かけの、かける 比較 だす
- □ だらけ 比較 ばかり
- □ っぽい 比較 らしい

傾向
- □ がちだ、がちの 比較 ぎみ
- □ ぎみ 比較 っぽい
- □ いっぽうだ 比較 ばかり
- □ むきの、むきに、むきだ 比較 むけの、むけに、むけだ
- □ むけの、むけに、むけだ 比較 っぽい

▶心智圖

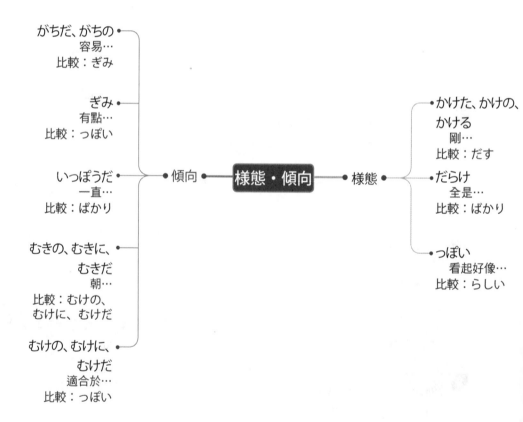

1

かけた、かけの、かける 剛…、開始…、正…	比較	**だす** …起來

【動詞ます形】＋かけた、かけの、かける。表示動作，行為已經開始，正在進行途中，但還沒有結束。

例 メールを書きかけたとき、電話が鳴った。

才剛寫電子郵件，電話鈴聲就響了。

【動詞ます形】＋だす。跟「はじめる」幾乎一樣。表示某動作、狀態的開始。

例 靴もはかないまま、走りだした。

沒穿鞋就這樣跑起來了。

2

だらけ 全是…、滿是…、到處是…	比較	**ばかり** 淨…、光…、老…

【名詞】＋だらけ。表示數量過多，到處都是的樣子。

例 あの人は借金だらけだ。

那個人欠了一屁股債。

【動詞て形；名詞】＋ばかり。表示範圍的限定；【動詞て形】＋ばかりいる。表示不斷重複一樣的事，或一直都是同樣的狀態。

例 毎日暑いので、コーラばかり飲んでいます。

每天天氣都很熱，所以一直喝可樂。

3

っぽい 看起來好像…、感覺像…	比較	**らしい** 似乎…像…樣子、有…風度

【名詞；動詞ます形】＋っぽい。接在名詞跟動詞連用形後面作形容詞，表示有這種感覺或有這種傾向。

例 これは壊れやすい品物なので、荒っぽく扱わないでください。

這是很容易損壞的物品，請不要粗魯地對待它。

【形容動詞詞幹；[形容詞・動詞]普通形】＋らしい。推量用法。說話者不是憑空想像，而是根據所見所聞來做出判斷。【名詞】＋らしい表示具有該事物或範疇典型的性質。

例 地面が濡れている。夜中に雨が降ったらしい。

地面是濕的。晚上好像有下雨的樣子。

4

がちだ、がちの 容易…、往往會…、比較多	比較	ぎみ 有點…、稍微…、…趨勢

【名詞；動詞ます形】＋がちだ、がちの。表示即使是無意的，也容易出現某種傾向，或是常會這樣做。

例 子どもは、ゲームに熱中しがちです。

小孩子容易對電玩一頭熱。

【名詞；動詞ます形】＋ぎみ。表示身心、情況等有這種樣子，有這種傾向。

例 ちょっと風邪ぎみで、微熱がある。

有點感冒，微微地發燒。

5

ぎみ 有點…、稍微…、…趨勢	比較	っぽい 看起來好像…、感覺像…

【名詞；動詞ます形】＋ぎみ。漢字是「気味」。表示身心、情況等有這種樣子，有這種傾向。

例 疲れぎみなので、もう寝ます。

有點累，我要去睡了。

【名詞；動詞ます形】＋っぽい。接在名詞跟動詞連用形後面作形容詞，表示有這種感覺或有這種傾向。

例 その本の内容は、子どもっぽすぎる。

這本書的內容太幼稚了。

6

いっぽうだ 一直…、不斷地…、越來越…	比較	ばかり 淨…、光…、老…

【動詞辭書形】＋いっぽうだ。表示某狀況一直朝著一個方向不斷發展，沒有停止。

例 都市の環境は悪くなる一方だ。

都市的環境越來越差。

【動詞て形；名詞】＋ばかり。表示數量、次數非常的多，而且說話人對這件事有負面評價；【動詞て形】＋ばかりいる。表示前項的行為或狀態頻率很高，不斷重複。

例 アルバイトばかりしていないで、勉強もしなさい。

別光打工，也要唸書。

7

むきの、むきに、むきだ
朝…；合於…、適合…

比較

【名詞】＋むきの、むきに、むきだ。接在方向及前後、左右等方位名詞之後，表示正面朝著那一方向。表示為適合前面所接的名詞，而做的事物。

例 南向きの部屋は暖かくて明るいです。

朝南的房子不僅暖和，採光也好。

むけの、むけに、むけだ
適合於…；面向…、對…

【名詞】＋むけの、むけに、むけだ。表示以前項為對象，而做後項的事物。也就是適合於某一個方面的意思。

例 若者向けの商品が、ますます増えている。

針對年輕人的商品越來越多。

8

むけの、むけに、むけだ
適合於…；面向…、對…

比較

【名詞】＋むけの、むけに、むけだ。表示以前項為對象，而做後項的事物。也就是適合於某一個方面的意思。

例 小説家ですが、たまに子ども向けの童話も書きます。

雖然是小説家，偶爾也會撰寫針對小孩的童書。

っぽい
看起來好像…、感覺像…

【名詞；動詞ます形】＋っぽい。接在名詞跟動詞連用形後面作形容詞，表示有這種感覺或有這種傾向。

例 その本の内容は、子どもっぽすぎる。

這本書的內容太幼稚了。

問題1 次の文章を読んで、文章全体の内容を考えて、　1　から　5　の中に入る最もよいものを、1・2・3・4から一つえらびなさい。

下の文章は、ある高校生が「野菜工場」を見学して書いた作文である。

先日、「野菜工場」を見学しました。　1　工場では、室内でレタスなどの野菜を作っています。工場内はとても清潔でした。作物は、土を使わず、肥料※1を溶かした水で育てます。日照量※2や、肥料・CO2 の量なども、コンピューターで決めるそうです。

工場のかたの説明によると、「野菜工場」の大きな課題は、お金がかかることだそうです。しかし、一年中天候に影響されずに生産できることや、農業労働力の不足など日本の農業が抱えている深刻な問題が　2　と思われることから、近い将来、大きなビジネスになると期待されているということでした。

私は、工場内のきれいなレタスを見ながら、　3　、家の小さな畑のことを思い浮かべました。両親が庭の隅に作っている畑です。そこでは、土に汚れた小さな野菜たちが、太陽の光と風を受けて、とても気持ちよさそうにしています。両親は、野菜についた虫を取ったり、肥料をやったりして、愛情をこめて育てています。私もその野菜を食べると、日光や風の味がするような気がします。

　4　、「野菜工場」の野菜には、土や日光、風や水などの自然の味や、育てた人の愛情が感じられるでしょうか。これからさらに技術が進歩すれば、野菜は　5　という時代が来るのかもしれません。しかし、私は、やはり、自然の味と生産者の愛情が感じられる野菜を、これからもずっと食べたいと思いました。

※1肥料…植物や土に栄養を与えるもの。

※2日照量…太陽が出すエネルギーの量。

1

1　あのら　　　　　　　　　2　あれらの

3　このら　　　　　　　　　4　これらの

2

1　解決されるらら　　　　　2　増える

3　変わるら　　　　　　　　4　なくす

3

1　さっとら　　　　　　　　2　きっと

3　かっとら　　　　　　　　4　ふと

4

1　それから　　　　　　　　2　また

3　それにら　　　　　　　　4　いっぽう

5

1　畑で作るもの　　　　　　2　工場で作るもの

3　人が作るもの　　　　　　4　自然が作るもの

下の文章は、ある高校生が「野菜工場」を見学して書いた作文である。

先日、「野菜工場」を見学しました。 1 工場では、室内でレタスなどの野菜を作っています。工場内はとても清潔でした。作物は、土を使わず、肥料※1を溶かした水で育てます。日照量※2や、肥料・CO2 の量なども、コンピューターで決めるそうです。

工場のかたの説明によると、「野菜工場」の大きな課題は、お金がかかることだそうです。しかし、一年中天候に影響されずに生産できることや、農業労働力の不足など日本の農業が抱えている深刻な問題が 2 と思われることから、近い将来、大きなビジネスになると期待されているということでした。

私は、工場内のきれいなレタスを見ながら、 3 、家の小さな畑のことを思い浮かべました。両親が庭の隅に作っている畑です。そこでは、土に汚れた小さな野菜たちが、太陽の光と風を受けて、とても気持ちよさそうにしています。両親は、野菜についた虫を取ったり、肥料をやったりして、愛情をこめて育てています。私もその野菜を食べると、日光や風の味がするような気がします。

4 、「野菜工場」の野菜には、土や日光、風や水などの自然の味や、育てた人の愛情が感じられるでしょうか。これからさらに技術が進歩すれば、野菜は 5 という時代が来るのかもしれません。しかし、私は、やはり、自然の味と生産者の愛情が感じられる野菜を、これからもずっと食べたいと思いました。

※1肥料…植物や土に栄養を与えるもの。
※2日照量…太陽が出すエネルギーの量。

以下文章是某位高中生去參觀「蔬菜工廠」所寫下的作文。

前幾天，我去參觀了「蔬菜工廠」。這家工廠在室內培育萵苣之類的蔬菜。工廠內非常乾淨。作物不需要土壤，而是使用溶入肥料$^{※1}$的水來栽培。據說這裡的日照量$^{※2}$、肥料和二氧化碳量的多寡，全都透過電腦管控。

根據工廠人員的說明，「蔬菜工廠」最大的課題，就是需要大量的資金。不過蔬菜工廠可以解決日本農業所面臨的嚴重問題，像是能夠不受一年四季天氣變化的影響而得以順利收成、緩解農業勞力的不足等等。期待在不久的將來，蔬菜工廠能夠帶來龐大的商機。

我一邊觀賞工廠內青翠的萵苣，忽然想起了家裡的那塊小菜圃。那是爸媽在庭院一角開闢的小菜圃。在那裡，沾著土壤的那些小菜苗享受著陽光和風，感覺十分舒服。爸媽會幫蔬菜抓蟲和施肥，灌注愛心來培育蔬菜。我吃到那些蔬菜的時候，彷彿也能感受到陽光和風的味道。

與此同時，「蔬菜工廠」裡的蔬菜，能讓人感受到土壤和陽光、風和水等大自然的味道，以及栽種者的感情嗎？今後若技術益發進步，也許在工廠裡栽培蔬菜的時代將會來臨。但是，我以後還是希望能繼續吃到有大自然的味道，以及栽種者的感情的蔬菜。

※1 肥料：給予植物和土壤養分的東西。
※2 日照量：太陽散發出的能量的多寡。

1

1 あの	2 あれらの	3 この	4 これらの
1 那個	2 那些的	3 這個	4 這些的

自分たちが見学した「野菜工場」について話題にしているので、3「この」が適切である。「その」でもよい。

1「あの」2「あれらの」は話し手も聞き手も知っている事柄を指す指示語なので不正解。また、2は複数のことがらを指す指示語なので不正解。4「これらの」は複数のことがらを指す指示語なので不正解。

例：

1 先週見たあの映画おもしろかったね。

2 会議で使ったあれらの資料、片づけておいて。

3 試験が終わった。この結果は1週間後に発表される。

4 パーティーで使った、これらの食器、いっしょに洗おう。

因為是在講述自己去「蔬菜工廠」的事情，所以選項 3 的「この／這個」較為適切。也可以使用「その／那個」。

選項 1「あの／那個」和選項 2「あれらの／那些的」都是指說話者以及聽話者都知道的事情，所以不正確。另外，選項 2 是指複數事項的指示語，所以不正確。選項 4「これらの／這些的」也是指複數事項的指示語，同樣不正確。

例句：

1 上週看的那部電影很有趣呢。

2 把開會時參考過的那些的資料整理一下。

3 考試結束了。本次考試成績將在一週後公佈。

4 宴會時用過的這些的餐具，我們一起洗吧。

2

1 解決される	2 増える	3 変わる	4 なくす
1 可以得到解決	2 增加	3 改變	4 失去

「日本の農業が抱えている深刻な問題」がなくなるという文脈なので、1「解決される」が適切。

由於是「日本の農業が抱えている深刻な問題／日本農業所面臨的嚴重問題」即將消失，順著文意，應以選項 1「解決される／可以得到解決」最為適切。

2「増える」は反対の内容なので不正解。3「変わる」は文脈に合わない。4「なくす」は他動詞なので不正解。自動詞「なくなる」にする必要がある。

例：

1 環境問題が<u>解決される</u>。
2 都市の人口が<u>増える</u>。
3 学校の規則が<u>変わる</u>。
4 すっかり自信を<u>なくす</u>。

選項2「増える／増加」與内容意思相反，所以不正確。選項3「変わる／改變」與文意不符。選項4「なくす／失去」是他動詞所以不正確，必須改成自動詞的「なくなる／消失」才正確。

例句：

1 環境問題<u>獲得解決</u>。
2 都市人口<u>增加</u>。
3 <u>修訂</u>校規。
4 完全<u>失去</u>信心。

3　　　　　　　　　　　　　　　　　　　　　　　　　Answer **④**

1 さっと	2 きっと	3 かっと	4 ふと
1迅速地	2一定	3突然發怒	4忽然

後の「思い浮かべました」に合う副詞は4「ふと」。「なんとなく」という意味。

1「さっと」は「すばやく行われる様子」、2「きっと」は「必ず」、3「かっと」は「興奮したりする様子」を表す副詞なので不正解。

例：

1 さわやかな風が<u>さっと</u>ふいた。
2 明日は<u>きっと</u>行くよ。
3 <u>かっと</u>なって怒ってしまった。
4 <u>ふと</u>国の友だちのことを思い出した。

能夠放在「思い浮かべました／想起」前面的副詞是選項4「ふと／忽然」，也就是「なんなく／不自覺地」的意思。

選項1「さっと／迅速地」是表示「非常迅速的樣子」的副詞，選項2「きっと／一定」是表示「必ず／一定」的副詞，選項3「かっと／突然發怒」是表示「很激動的樣子」的副詞，所以都不正確。

例句：

1 一陣清爽的涼風<u>忽地</u>吹過了。
2 明天<u>一定</u>會去喔。
3 <u>陡然</u>震怒了。
4 <u>忽然</u>想起了故鄉的朋友們。

1　それから	2　また	3　それに	4　いっぽう
1 然後	2 另外	3 而且	4 與此同時

前で、自分の両親が作る野菜のことに述べ、それに関連した別のこととして、「野菜工場」の野菜のことを述べている。それにふさわしい接続語は4「いっぽう」。1「それから」は前の事柄の次に起こることを表す接続語なので不正解。2「また」は並べたり付け加えたりする接続語なので不正解。3「それに」は前に述べた事柄に付け加える接続語なので不正解。

例：

1　電話をして、それから出かけた。

2　このアパートは駅から近い。また、家賃も安い。

3　彼女はほがらかだ。それに親切だ。

4　私は英語が好きだ。いっぽう、数学は苦手だ。

空格前面是在講述自己的父母種植蔬菜的事，而空格的後面接著講述與此有關的另一件事，也就是「蔬菜工廠」。能夠連接這兩件事的連接詞是選項4「いっぽう／與此同時」。選項1「それから／後來」是連接前一件事和接下來發生的另一件事的連接詞，所以不正確。選項2「また／又」是用於表示並列或附加的連接詞，所以不正確。選項3「それに／而且」是對前面敘述的事附加說明的連接詞，所以不正確。

例句：

1　打了電話，然後出門了。

2　這間公寓離車站很近，另外房租又便宜。

3　她的個性非常開朗，而且親切。

4　我很喜歡英文，但另一方面，我很不擅長數學。

5

1 畑で作るもの   2 工場で作るもの
3 人が作るもの   4 自然が作るもの

| 1 在田裡耕種   2 在工廠裡栽培   3 人為栽培   4 自然栽種

この文章全体の話題の中心は「野菜工場」である。「野菜工場」は室内で野菜を作っている。したがって2「工場で作るもの」が適切である。

空欄のすぐ後に「～という時代が来るのかもしれません」とあることから、これからの野菜の作り方が入る。1「畑で作るもの」、3「人が作るもの」はこれまでにも作られていた方法なので不正解。4「自然が作るもの」は内容的に合わない。

這篇文章的主題是「蔬菜工廠」，而「蔬菜工廠」是指在室內種植蔬菜，因此以選項2的「工場で作るもの／在工廠裡栽培」較為適切。

由於空格之後就是「～という時代が来るのかもしれません／也許～的時代將會來臨」，所以應該填入今後種植蔬菜的方法。選項1「畑で作るもの／在田裡耕種」和選項3「人が作るもの／人為栽培」是從過去到目前的種植方法，所以不正確。選項4「自然が作るもの／自然栽種」與內容不符，所以不正確。

って／て

─口語變化─	─中譯─
1 という ➡ って、て	…所謂…，叫做…

說明【名詞；形容詞普通形；動詞普通形（の）】＋って。「…って、て」為「…という」的口語形，表示人或事物的稱謂，或提到事物的性質。

▶ ＯＬって大変だね。
　　粉領族真辛苦啊！

▶ これ、何て犬？
　　這叫什麼狗啊？

▶ チワワっていうのよ。
　　叫吉娃娃。

─口語變化─	─中譯─
2 と思う ➡ って と聞いた ➡ って	認為…，聽説…

說明 這裡的「…って」是「と思う、と聞いた」的口語形。用在告訴對方自己所想的，或所聽到的。

▶ よかったって思ってるんだよ。
　　我覺得真是太好了。

▶ 花子、見合い結婚だって。
　　聽説花子是相親結婚的。

1 文法闖關大挑戰

文法知多少？請完成以下題目，從選項中，
選出正確答案，並完成句子。
《答案詳見右下角。》

1 それ（　　　）、できるよ。
　1. ぐらい
　2. ほど

1. ぐらい：幾乎…
2. ほど：…得

2 宝石は、高価であればある
（　　　）、買いたくなる。
　1. ほど　　2. につれて

1. ば…ほど：越…越…
2. につれて：隨著…

3 お腹が死ぬ（　　　）痛い。
　1. わりに
　2. ほど

1. わりに：但是相對之下還算…
2. ほど：…得令人

4 大きい船は、小さい船（　　　）
揺れ（　　　）。
　1. ほど…ない　2. より…ほうだ

1. ほど…ない：不像…那麼…
2. より…ほうが：…比…

<table>
<tr><td>

ほど的用法
□ ば〜ほど <u>比較</u> につれて
□ ほど <u>比較</u> わりに（は）
□ ほど〜ない <u>比較</u> より〜ほうが

</td><td>

其他
□ くらい（だ）、ぐらい（だ） <u>比較</u> ほど

</td></tr>
</table>

▮心智圖

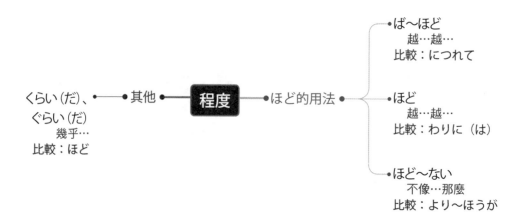

1

ば～ほど
越…越…

比較

につれて
伴隨…、隨著…、越…越…

【[形容詞・形容動詞・動詞]假定形】
＋ば【同形容動詞詞幹な；[同形容詞・動詞]辭書形】＋ほど。同一單詞重複使用，表示隨著前項事物的變化，後項也隨之相應地發生變化。

例 字は、練習すれば練習するほど、きれいに書けるようになります。

字會越練越漂亮。

【名詞；動詞辭書形】＋につれて。表示隨著前項的進展，同時後項也隨之發生相應的進展。

例 一緒に活動するにつれて、みんな仲良くなりました。

隨著共同參與活動，大家感情變得很融洽。

2

ほど
越…越…；…得、…得令人

比較

わりに（は）（比較起來）雖然…但是…、但是相對之下還算…

【形容動詞詞幹な；[形容詞・動詞]辭書形】＋ほど。表示後項隨著前項的變化，而產生變化。【名詞】＋ほど。用在比喻或舉出具體的例子，來表示動作或狀態處於某種程度。

例 成績がいい学生ほど机に向かっている時間が長いとは限らない。

成績越好的學生待在書桌前的時間不一定就越長。

【名詞の；形容動詞詞幹な；[形容詞・動詞]普通形】＋わりに（は）。表示結果跟前項條件不成比例、有出入，或不相稱，結果劣於或好於應有程度。

例 この国は、熱帯のわりには過ごしやすい。

這個國家雖處熱帶，但住起來算是舒適的。

3

ほど～ない
不像…那麼…、沒那麼…

比較

より～ほうが
…比…、比起…，更

【名詞；形容動詞詞幹な；[形容詞・動詞]辭書形】＋ほど～ない。表示兩者比較之下，前者沒有達到後者那種程度。

例 田中は中山ほど真面目ではない。

田中不像中山那麼認真。

【名詞；[形容詞・動詞]普通形】＋より＋【名詞の；[形容詞・動詞]普通形；形容動詞詞幹な】＋ほうが。表示對兩件事物進行比較後，選擇後者。

例 大阪より東京の方が大きいです。

比起大阪，東京比較大。

4

くらい（だ）、ぐらい（だ）
幾乎…、簡直…、甚至…；像…那樣

比較

ほど
越…越…；…得、…得令人

【名詞；形容動詞詞幹な；[形容詞・動詞]普通形】＋くらい（だ）、ぐらい（だ）。表示極端的程度。用在為了進一步説明前句的動作或狀態的程度，舉出具體事例來。

例 女房と一緒になったときは、嬉しくて涙が出るくらいでした。

跟老婆結成褵褵時，高興得眼淚幾乎要掉下來。

【形容動詞詞幹な；[形容詞・動詞]辭書形】＋ほど。表示後項隨著前項的變化，而產生變化；[名詞]＋ほど。用在比喻或舉出具體的例子，來表示動作或狀態處於某種程度。

例 成績がいい学生ほど机に向かっている時間が長いとは限らない。

成績越好的學生待在書桌前的時間不一定就越長。

4 新日檢實力測驗

問題1　つぎの文の（　　）に入れるのに最もよいものを、1・2・3・4から一つえらびなさい。

1 弟「お父さんは最近すごく忙しそうで、いらいらしてるよ。」

兄「そうか、じゃ、温泉に行こうなんて、（　　）。」

1　言わないほうがよさそうだね　2　言わないほうがいいそうだね

3　言わなかったかもしれないね　4　言ったほうがいいね

2 明日から試験だからって、ご飯の片付け（　　）できるでしょ。

1　まで　　　　　　　　　　　　2　ぐらい

3　でも　　　　　　　　　　　　4　しか

問題2　つぎの文の＿★＿に入る最もよいものを、1・2・3・4から一つえらびなさい。

3 自分で文章を書いてみて初めて、正しい＿＿＿　＿★＿　＿＿＿　＿＿＿

わかりました。

1　どれほど　　　　　　　　　　2　難しいかが

3　書くのが　　　　　　　　　　4　文章を

4 妹は＿＿＿　＿＿＿　＿★＿　＿＿＿　母にそっくりだ。

1　ば　　　　　　　　　　　　　2　ほど

3　見る　　　　　　　　　　　　4　見れ

5 彼＿★＿　＿＿＿　＿＿＿　＿＿＿と思います。

1　立派な　　　　　　　　　　　2　ほど

3　いない　　　　　　　　　　　4　人は

6 あなたのことを＿＿＿　＿★＿　＿＿＿　＿＿＿はいないと思います。

1　愛している　　　　　　　　　2　人

3　ほど　　　　　　　　　　　　4　僕

5 翻譯與解題

問題1

1　　　　　　　　　　　　　　　　　　　　　　Answer **1**

弟「お父さんは最近すごく忙しそうで、いらいらしてるよ。」
兄「そうか、じゃ、温泉に行こうなんて、（　　　）。」

1　言わないほうがよさそうだね　　　2　言わないほうがいいそうだね

3　言わなかったかもしれないね　　　4　言ったほうがいいね

弟弟：「爸爸最近好像很忙，情緒很焦躁哦。」
哥哥：「這樣啊，那麼，想去溫泉旅行這種事（還是不要提比較好吧）。」

1 還是不要提比較好吧　　　　　　　2 還是不要提才像好的吧
3 可能沒有說過吧　　　　　　　　　4 說了比較好呢

お父さんは「いらいら」しているのだから、「言わないほうがよい（いい）」ことがわかる。

ここでは、「形容詞＋そう（だ）」の言い方を覚えよう。「そうだ」は「いかにもそのように思われる」という意味を表す（様態）。

「いい」は「そうだ」に続く場合、「よさそうだ」になる。したがって、1「言わないほうがよさそうだね」が正しい。

2は「いいそうだね」のところが間違い。4は「言ったほうが」のところが間違い。

例：

1　近くにお店がないから、お弁当を持っていったほうがよさそうだね。

由於父親「いらいら／焦躁」，由此可知「言わないほうがよい（いい）／不要提比較好」。

在這裡請記住「形容詞＋そう（だ）／好像」的用法。「そうだ／好像」是「いかにもそのように思われる／一般認為確實是那樣」的意思（樣態）。

「いい／好」後面連接「そうだ」的時候要改為「よさそうだ／比較好」。因此選項1的「言わないほうがよさそうだね／還是不要提比較好吧」是正確答案。

選項2是「いいそうだね／才像好的吧」連接處錯誤。選項4錯誤的部分則是「言ったほうが／說了比較」。

例句：

1　如果附近沒有店家，還是帶便當過去比較好吧。

2

明日から試験だからって、ご飯の片付け（　　　）できるでしょ。

1 まで　　　　　　　2 ぐらい　　　　　　3 でも　　　　　　　4 しか

就算明天要考試，（至少）收拾餐具的小事還是能做吧。

1 連　　　　　　　　2 至少　　　　　　　3 即使　　　　　　　4 只有

問題文は「（試験で忙しくても、）ご飯の片付けならできる」ということ。このように何かを例示して、それが、極端な場合であることを示すことばは、2「ぐらい」である。「くらい」とも言う。

例：

1　あなたまで、私を信じないの？
　（あなたさえ。）

2　掃除ぐらいしなさい。
　（せめて掃除を。）

3　この問題は、小学生の妹でもわかる。
　（小学生の妹だって。）

4　さいふには 10 円しかない。
　（10 円だけある。）

題目的意思是「（即使準備考試很忙，）收拾餐具還是做得到吧」。像這樣舉出某個例子，並且是描述某種極端的情況，可以用選項 2「ぐらい／區區」。也可以說「くらい」。

例句：

1　連你都不相信我嗎？
　（就連你也……。）

2　至少要打掃吧！
　（最低限度是打掃。）

3　這個問題，即使是還在念小學的妹妹也知道。
　（就算是讀小學的妹妹也……。）

4　錢包裡只有 10 圓。
　（就只有 10 圓。）

問題 2

自分で文章を書いてみて初めて、正しい＿＿＿＿ ＿★＿＿ ＿＿＿＿ ＿＿＿＿わかりました。

1　どれほど　　　　2　難しいかが　　　　3　書くのが　　　　4　文章を

自己開始嘗試寫文章以後，才知道 3 要寫出 正確的 4 文章 1 有多麼 2 困難。

1 有多麼　　　　　2 困難　　　　　　　3 要寫出　　　　　　4 文章

正しい語順：自分で文章を書いてみて初めて、正しい　文章を　書くのが　どれほど　難しいかが　わかりました。

問題部分の前の「正しい」は「い形容詞（形容詞）」。「い形容詞」の後は名詞が続くので、「文章を」が来る。その後は「文章を」どうするのかを表す動詞「書くのが」が続く。また、「どれほど」は後に「い形容詞」が来るので、「どんなに難しいかが」となり、「とても難しい」という意味になる。問題文の最後が「わかりました」なので、「～がわかりました」の形になる。このように考えていくと、「4→3→1→2」の順となり、問題の＿★＿には、3の「書くのが」が入る。

正確語順：自己開始嘗試寫文章以後，才知道要寫出正確的文章有多麼困難。

空格的前面「正しい／正確的」是「い形容詞（形容詞）」。「い形容詞」的後面應接名詞，因此該填入「文章を／文章」。在「文章を」之後應該填入表達「該怎麼做」的動詞「書くのが／要寫出」。另外，「どれほど／有多麼」之後應填入的是「い形容詞」，所以是「どんなに難しいかが／有多麼困難」，意思就是「とても難しい／非常困難」。題目最後有「わかりました／才知道」，由此可知應是「～がわかりました／才知道」的句型。

如此一來順序就是「4→3→1→2」，＿★＿的部分應填入選項 3「書くのが／要寫出」。

妹は＿＿＿＿ ＿＿＿＿ ＿★＿ ＿＿＿＿母にそっくりだ。

1　ば　　　　　　2　ほど　　　　　3　見る　　　　　4　見れ

妹妹 4 越 1 看 2 越 像媽媽。

1 越　　　　　　　2 越　　　　　　　3 看　　　　　　　4 看

正しい語順：妹は 見れ ば 見る ほど 母にそっくりだ。

「～ば～ほど」の言い方に注目する。この言い方は、動詞の場合「仮定形（「ば形」）＋辞書形＋ほど」になるので、「見れば見るほど」になる。「よく見るともっと」という意味である。

このように考えていくと、「4→1→3→2」の順となり、問題の＿＿★＿＿には、3の「見る」が入る。

正確語順：妹妹越看越像媽媽。

請注意「～ば～ほど／越～越～」的用法。這樣種用法的動詞句型是「假定型（「ば形」）＋辭書形＋ほど／越～越～」，所以是「見れば見るほど／越看越」，意思是「仔細一看就更」。

如此一來順序就是「4→1→3→2」，＿＿★＿＿的部分應填入選項3「見る／看」。

5

彼 ★ ＿＿＿＿ ＿＿＿＿ ＿＿＿＿ と思います。

1 立派な 　　　2 ほど 　　　3 いない 　　　4 人は

我認為 3 找不到 像他 2 那麼 1 出色的 4 人 了。

1 出色的 　　　2 那麼 　　　3 找不到 　　　4 人

正しい語順：彼 ほど 立派な 人は いない と思います。

「AほどBはいない」の言い方である。Aは名詞が入る。Bは人が入る。最初が「彼」なので、「彼ほど」になる。「立派な」は「人」に係るので、「立派な人は」になる。それに「いない」が続く。全体で、「彼がいちばん立派だ」という意味になる。

このように考えていくと、「2→1→4→3」の順となり、問題の＿＿★＿＿には、2の「ほど」が入る。

正確語順：我認為找不到像他那麼出色的人了。

本題的句型是「AほどBはいない／沒有像A那麼～的B了」。A處填入名詞，B處填入人。

因為句首是「彼／他」，所以是「彼ほど／像他那麼」。又因為「立派な／出色」用於形容「人／人類」，所以是「立派な人は／出色的人」。而且之後應該接「いない／沒有」。全句是「他是最出色的」的意思。

如此一來順序就是「2→1→4→3」，＿＿★＿＿應填入選項2「ほど／那麼」。

あなたのことを＿＿＿＿ ＿★＿ ＿＿＿＿ ＿＿＿＿はいないと思います。

1 愛している　　2 人　　　　　3 ほど　　　　　4 僕

我認為不會有 2人 像 4我 3這麼 1愛你。

1 愛你　　　　　2 人　　　　　3 這麼　　　　　4 我

正しい語順：あなたのことを 僕 ほど 愛している 人 はいないと思います。

「AほどBはいない」の言い方に注目する。A、Bは名詞である。問題文の最後が「〜はいないと思います」なので、その前を「AほどB」の形にするとよい。Aには「僕」が入って、「僕ほど」となる。Bの名詞は「人」だが、その前に連体修飾語の「愛している」を付けて、「愛している人」にする。このように考えていくと、「4→3→1→2」の順となり、問題の ＿★＿ には3の「ほど」が入る。

正確語順：我認為不會有人像我這麼愛你。

請留意「AほどBはいない／不會有像A這麼〜的B」的用法，A和B都是名詞。因為題目的句尾是「〜はいないと思います／我認為不會有」，所以聯想到前面應該是「AほどB／像A這麼〜的B」。A填入「僕／我」，變成「僕ほど／像我這麼」。B的名詞是「人／人」，但「人」的前面要再加上連體修飾語「愛している／愛你」，變成「愛している人／愛你的人」。

如此一來順序就是「4→3→1→2」，＿★＿應填入選項3「ほど／這麼」。

状況の一致と変化

1 文法闖關大挑戰

文法知多少？請完成以下題目，從選項中，選出正確答案，並完成句子。

《答案詳見右下角。》 ➡

1 言われた（　　　）、規則を守ってください。
 1. とおりに　2. まま

1. とおりに：按照…
2. まま：…著

2 荷物を、指示（　　　）運搬した。
 1. をもとに　2. どおりに

1. をもとに：以…為根據
2. どおりに：按照…

3 父の転勤（　　　）、転校することになった。
 1. に伴って　2. にしたがって

1. に伴って：隨著…
2. にしたがって：隨著…

4 指示（　　　）行動する。
 1. につれて
 2. にしたがって

1. につれて：隨著…
2. にしたがって：依照…

5 世の中の動き（　　　）、考え方を変えなければならない。
 1. に伴って　2. につれて

1. に伴って：隨著…
2. につれて：隨著…

状況の一致
□ とおり、とおりに 比較 まま
□ どおり、どおりに 比較 をもとに、をもとにして

状況の変化
□ にしたがって、にしたがい 比較 にともなって
□ につれて、につれ 比較 にしたがって
□ にともなって、にともない、にともなう 比較 につれて、につれ

◤心智圖

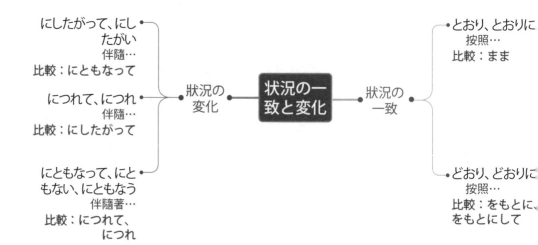

1

とおり、とおりに 按照…、按照…那樣	比較	まま …著

【名詞の；動詞辭書形；動詞た形】＋とおり、とおりに。表示按照前項的方式或要求，進行後項的行為、動作。

例 **先生に習ったとおりに、送り仮名をつけた。**

按照老師所教，寫送假名。

【名詞の；この／その／あの；形容詞普通形；形容動詞詞幹な；動詞た形；動詞否定形】＋まま。表示附帶狀況。表示一個動作或作用的結果，在這個狀態還持續時，進行了後項的動作，或發生了後項的事態。

例 **テレビをつけたまま寝てしまった。**

開著電視就睡著了。

2

どおり、どおりに 按照、正如…那樣、像…那樣	比較	をもとに、をもとにして 以…為 根據、以…為參考、在…基礎上

【名詞】＋どおり、どおりに。「どおり」是接尾詞。表示按照前項的方式或要求，進行後項的行為、動作。

例 **結果は、予想どおりだった。**

結果和預想的一樣。

【名詞】＋をもとに、をもとにして。表示將某事物做為啟示、根據、材料、基礎等。後項的行為、動作是根據或參考前項來進行的。

例 **彼女のデザインをもとに、青いワンピースを作った。**

以她的設計為基礎，裁製了藍色的連身裙。

3

にしたがって、にしたがい 伴隨…、隨著…；依照…、遵循…	比較	にともなって 伴隨…、隨著…

【名詞；動詞辭書形】＋にしたがって、にしたがい。表示隨著前項的動作或作用的變化，後項也跟著發生相應的變化，或表示動作的基準或規範。

例 **医学が進歩するにしたがって、平均寿命も延びてきた。**

隨著醫學的進步，平均壽命也延長了。

【名詞；動詞普通形】＋にともなって。表示隨著前項事物的變化而進展。

例 **この物質は、温度の変化に伴って色が変わります。**

這物質的顏色，會隨著溫度的變化而改變。

4

につれて、につれ
伴隨…、隨著…、越…越…

比較

【名詞；動詞辭書形】＋につれて、につれ。表示隨著前項的進展，同時後項也隨之發生相應的進展。

例 勉強するにつれて、化学のおもしろさがわかってきた。

隨著學習，越來越能了解化學有趣之處了。

にしたがって
伴隨…、隨著…；依照…、遵循…

【名詞；動詞辭書形】＋にしたがって。表示隨著前項的動作或作用的變化，後項也跟著發生相應的變化，或表示動作的基準或規範。

例 課税率が高くなるにしたがって、国民の不満が高まった。

隨著課稅比重的提升，國民的不滿的情緒也更加高漲。

5

にともなって、にともない、にともなう
伴隨著…、隨著…

比較

【名詞；動詞普通形】＋にともなって、にともない、にともなう。表示隨著前項事物的變化而進展。

例 この物質は、温度の変化に伴って色が変わります。

這物質的顏色，會隨著溫度的變化而改變。

につれて、につれ
伴隨…、隨著…、越…越…

【名詞；動詞辭書形】＋につれて、につれ。表示隨著前項的進展，同時後項也隨之發生相應的進展。

例 一緒に活動するにつれて、みんな仲良くなりました。

隨著共同參與活動，大家感情變得很融洽。

問題1 次の文章を読んで、文章全体の内容を考えて、 1 から 5 の中に入る最もよいものを、1・2・3・4から一つえらびなさい。

下の文章は、留学生が日本の習慣について書いた作文である。

　私は、2年前に日本に来ました。前から日本文化に強い関心を持っていましたので、 1 知識を身につけたいと思って、頑張っています。

　来たばかりのころは、日本の生活の習慣がわからなかったため、困ったり迷ったりしました。例えば、ゴミの捨て方です。日本では、住んでいる町のルールに 2 、燃えるゴミと燃えないごみを、必ず分けて捨てなくてはいけません。最初は、なぜそんな面倒なことをしなければならないのか、と思って、いやになることが多かったのですが、そのうち、なるほど、と、思うようになりました。日本は狭い国ですから、ゴミは特に大きな問題です。ゴミを分けて捨て、できるものはリサイクルすることがどうしても必要なのです。しかし、留学生の中には、そんなこと 3 全然気にしないで、どんなゴミも一緒に捨ててしまって、近所の人に迷惑をかける人もいます。実は、こういう小さい問題が、外国人に対する大きな誤解や問題を生んでしまうのです。日常生活の中で少しも気をつければ、みんな、きっと気持ちよく生活ができる 4 です。

　「留学」というのは、知識を学ぶだけでなく、毎日の生活の中でその国の文化や習慣を身につけることが大切です。日本の社会にとけこんで、日本人と心からの交流できるかどうかは、私たち留学生の一人一人の意識や生活の仕方につながっています。本当の交流が実現できれば、留学も 5 ことができるのではないでしょうか。

1

   1 ずっと   2 また

   3 さらに   4 もう一度

2

   1 したがって   2 加えて

   3 対して   4 ついて

3

   1 だけ   2 しか

   3 きり   4 など

4

   1 わけ   2 はず

   3 から   4 こと

5

   1 実現できる   2 成功する

   3 考えられる   4 成功させる

<ruby>下<rt>した</rt></ruby>の<ruby>文章<rt>ぶんしょう</rt></ruby>は、<ruby>留学生<rt>りゅうがくせい</rt></ruby>が<ruby>日本<rt>にほん</rt></ruby>の<ruby>習慣<rt>しゅうかん</rt></ruby>について<ruby>書<rt>か</rt></ruby>いた<ruby>作文<rt>さくぶん</rt></ruby>である。

　<ruby>私<rt>わたし</rt></ruby>は、２<ruby>年前<rt>ねんまえ</rt></ruby>に<ruby>日本<rt>にほん</rt></ruby>に<ruby>来<rt>き</rt></ruby>ました。<ruby>前<rt>まえ</rt></ruby>から<ruby>日本文化<rt>にほんぶんか</rt></ruby>に<ruby>強<rt>つよ</rt></ruby>い<ruby>関心<rt>かんしん</rt></ruby>を<ruby>持<rt>も</rt></ruby>っていましたので、　**1**　<ruby>知識<rt>ちしき</rt></ruby>を<ruby>身<rt>み</rt></ruby>につけたいと<ruby>思<rt>おも</rt></ruby>って、<ruby>頑張<rt>がんば</rt></ruby>っています。

　<ruby>来<rt>き</rt></ruby>たばかりのころは、<ruby>日本<rt>にほん</rt></ruby>の<ruby>生活<rt>せいかつ</rt></ruby>の<ruby>習慣<rt>しゅうかん</rt></ruby>がわからなかったため、<ruby>困<rt>こま</rt></ruby>ったり<ruby>迷<rt>まよ</rt></ruby>ったりしました。<ruby>例<rt>たと</rt></ruby>えば、ゴミの<ruby>捨<rt>す</rt></ruby>て<ruby>方<rt>かた</rt></ruby>です。<ruby>日本<rt>にほん</rt></ruby>では、<ruby>住<rt>す</rt></ruby>んでいる<ruby>町<rt>まち</rt></ruby>のルールに　**2**　、<ruby>燃<rt>も</rt></ruby>えるゴミと<ruby>燃<rt>も</rt></ruby>えないごみを、<ruby>必<rt>かなら</rt></ruby>ず<ruby>分<rt>わ</rt></ruby>けて<ruby>捨<rt>す</rt></ruby>てなくてはいけません。<ruby>最初<rt>さいしょ</rt></ruby>は、なぜそんな<ruby>面倒<rt>めんどう</rt></ruby>なことをしなければならないのか、と<ruby>思<rt>おも</rt></ruby>って、いやになることが<ruby>多<rt>おお</rt></ruby>かったのですが、そのうち、なるほど、と、<ruby>思<rt>おも</rt></ruby>うようになりました。<ruby>日本<rt>にほん</rt></ruby>は<ruby>狭<rt>せま</rt></ruby>い<ruby>国<rt>くに</rt></ruby>ですから、ゴミは<ruby>特<rt>とく</rt></ruby>に<ruby>大<rt>おお</rt></ruby>きな<ruby>問題<rt>もんだい</rt></ruby>です。ゴミを<ruby>分<rt>わ</rt></ruby>けて<ruby>捨<rt>す</rt></ruby>て、できるものはリサイクルすることがどうしても<ruby>必要<rt>ひつよう</rt></ruby>なのです。しかし、<ruby>留学生<rt>りゅうがくせい</rt></ruby>の<ruby>中<rt>なか</rt></ruby>には、そんなこと　**3**　<ruby>全然<rt>ぜんぜん</rt></ruby><ruby>気<rt>き</rt></ruby>にしないで、どんなゴミも<ruby>一緒<rt>いっしょ</rt></ruby>に<ruby>捨<rt>す</rt></ruby>ててしまって、<ruby>近所<rt>きんじょ</rt></ruby>の<ruby>人<rt>ひと</rt></ruby>に<ruby>迷惑<rt>めいわく</rt></ruby>をかける<ruby>人<rt>ひと</rt></ruby>もいます。<ruby>実<rt>じつ</rt></ruby>は、こういう<ruby>小<rt>ちい</rt></ruby>さい<ruby>問題<rt>もんだい</rt></ruby>が、<ruby>外国人<rt>がいこくじん</rt></ruby>に<ruby>対<rt>たい</rt></ruby>する<ruby>大<rt>おお</rt></ruby>きな<ruby>誤解<rt>ごかい</rt></ruby>や<ruby>問題<rt>もんだい</rt></ruby>を<ruby>生<rt>う</rt></ruby>んでしまうのです。<ruby>日常生活<rt>にちじょうせいかつ</rt></ruby>の<ruby>中<rt>なか</rt></ruby>で<ruby>少<rt>すこ</rt></ruby>しでも<ruby>気<rt>き</rt></ruby>をつければ、みんな、きっと<ruby>気持<rt>きも</rt></ruby>ちよく<ruby>生活<rt>せいかつ</rt></ruby>ができる　**4**　です。

　「<ruby>留学<rt>りゅうがく</rt></ruby>」というのは、<ruby>知識<rt>ちしき</rt></ruby>を<ruby>学<rt>まな</rt></ruby>ぶだけでなく、<ruby>毎日<rt>まいにち</rt></ruby>の<ruby>生活<rt>せいかつ</rt></ruby>の<ruby>中<rt>なか</rt></ruby>でその<ruby>国<rt>くに</rt></ruby>の<ruby>文化<rt>ぶんか</rt></ruby>や<ruby>習慣<rt>しゅうかん</rt></ruby>を<ruby>身<rt>み</rt></ruby>につけることが<ruby>大切<rt>たいせつ</rt></ruby>です。<ruby>日本<rt>にほん</rt></ruby>の<ruby>社会<rt>しゃかい</rt></ruby>にとけこんで、<ruby>日本人<rt>にほんじん</rt></ruby>と<ruby>心<rt>こころ</rt></ruby>からの<ruby>交流<rt>こうりゅう</rt></ruby>できるかどうかは、<ruby>私<rt>わたし</rt></ruby>たち<ruby>留学生<rt>りゅうがくせい</rt></ruby>の<ruby>一人一人<rt>ひとりひとり</rt></ruby>の<ruby>意識<rt>いしき</rt></ruby>や<ruby>生活<rt>せいかつ</rt></ruby>の<ruby>仕方<rt>しかた</rt></ruby>につながっています。<ruby>本当<rt>ほんとう</rt></ruby>の<ruby>交流<rt>こうりゅう</rt></ruby>が<ruby>実現<rt>じつげん</rt></ruby>できれば、<ruby>留学<rt>りゅうがく</rt></ruby>も　**5**　ことができるのではないでしょうか。

以下文章是留學生以日本的生活習慣為主題所寫的作文。

　我在兩年前來到了日本。我從以前就對日本文化有濃厚的興趣，再加上渴望學習知識，所以一直很努力。

　剛到這裡的時候，由於不清楚日本的生活習慣，曾有一段時間不知所措。例如丟垃圾的方式就是其中之一。在日本，依照居住城鎮的規定，一定要將可燃垃圾和不可燃垃圾分開丟棄才行。一開始，我心想為什麼得做那麼麻煩的事啊，常常覺得很討厭，但是多做幾次以後，終於了解必須這麼做的理由。日本的國土面積不大，垃圾問題尤其嚴重，因此將垃圾分類，可用資源盡量回收，有其必要性。但是，也有部分留學生完全不管這類事情，把各種垃圾全都混在一起丟棄，造成鄰居的困擾。事實上，像這樣的小問題，正是導致日本人對外國人產生很大的誤解與糾紛的根源。其實只要在日常生活中稍微留意，應該就能讓大家生活得更加舒適。

　所謂「留學」，不僅是學習知識，更重要的是在每天的生活中學習那個國家的文化和習慣。能否融入日本社會、與日本人交心，都和我們每一個留學生的意識及生活方式息息相關。唯有實踐真正的交流，才稱得上是盡善盡美的留學生涯，不是嗎？

1　ずっと	2　また	3　さらに	4　もう一度
1 一直	2 又	3 再加上	4 再一次

この文章を書いた留学生は、前から日本文化に強い関心を持っていて、そして今、もっと「知識を身につけたい」と思っている。前のことがらに重ねてする様子を表すことばは、3「さらに」である。

1「ずっと」はある状態を長い間続ける様子を表すことばなので不正解。2「また」と4「もう一度」は再びという意味のことばなので不正解。
例：

1　朝からずっと勉強していた。

2　試合にまた負けてしまった。

3　メンバーをさらに5人増やした。

4　疑問点をもう一度質問した。

寫下這篇文章留學生，從以前就對日本文化有濃厚的興趣，現在更渴望「學習知識」。表達後項加上前項的詞語是選項3「さらに／再加上」。

選項1「ずっと／一直」表示長時間持續某一狀態的樣子，所以不正確。選項2「また／還」和選項4「もう一度／再一次」皆表示再次，所以不正確。

例句：

1　從早上開始一直在念書。

2　比賽又輸掉了。

3　成員再增加了五個人。

4　再次針對疑點提問了。

1　したがって	2　加えて	3　対して	4　ついて
1 依照	2 加上	3 對於	4 針對

空欄の前に「ルール」とあることに注意する。「ルールにしたがう」で、言われたとおりにするという意味になる。2「加えて」はあるものに他のものを加える意味。3「対して」は応じるという意味。4「ついて」はそれに関してという意味。

請留意空格前的「ルール／規定」。「ルールにしたがう／依照規定」的意思是遵照囑咐去做。選項2「加えて／加上」的意思是某項事物加上其他事物。選項3「対して／對於」是應…要求的意思。選項4「ついて／針對」是關於那件事的意思。

例：
1 社会のルールに<u>したがって</u>生活する。
2 風に<u>加えて</u>雨も強くなった。
3 質問に<u>対して</u>答える。
4 読書に<u>ついて</u>話し合う。

例句：
1 <u>遵循</u>社會規範生活。
2 風勢強勁，<u>加上</u>連雨也變大了。
3 <u>針對</u>提問回答。
4 <u>針對</u>讀書的話題做討論。

---

3 Answer ❹

1 だけ	2 しか	3 きり	4 など
1 只有	2 唯獨	3 僅只	4 等等

全然気にしないことの例として「ゴミを分けて捨て、できるものはリサイクルすること」をあげているが、それだけではない。ほかにもあることが言いたいので、4「など」が適切である。
1「だけ」、2「しか」、4「きり」は限定の意味を表す助詞なので不正解。
例：
1 朝、パン<u>だけ</u>食べて出かけた。
2 そのことは私<u>しか</u>知らない。
3 ひとり<u>きり</u>で留守番をする。
4 辞書やノート<u>など</u>をかばんに入れる。

「將垃圾分類，可用資源盡量回收」雖然只是留學生們完全不放在心上的事情的其中一例，但語含還有很多其他情況，不只這一件。因為還有其他想說的事，所以正確答案是選項4「など／這類」。
選項1「だけ／只有」、選項2「しか／唯獨」、選項3「ぎり／僅只」都是表示限定的助詞，所以不正確。
例句：
1 早上<u>只</u>吃麵包就出門了。
2 那件事<u>唯獨</u>我知道。
3 <u>獨自</u>一人看家。
4 把字典和筆記本<u>等等</u>放進書包裡。

---

4 Answer ❷

1 わけ	2 はず	3 から	4 こと
1 因為，理應	2 應該	3 因為	4 事情

留学生の考えが述べられている文である。当然そうなる、そうなるべきで

這是敘述該留學生想法的句子。表示「這是當然的、就應該是這樣」的助詞是「は

あるという様子を表す助詞2「はず」が適切である。

1「わけ」は理由や当たり前だという意味。3「から」は原因や理由を表す助詞。4「こと」は事柄や事情などの意味があることば。

例：

1 うそを許す<u>わけ</u>にはいかない。

2 仕事は5時までに終わる<u>はず</u>だ。

3 不注意<u>から</u>、事故が起きた。

4 スキーをした<u>こと</u>がある。

ず／應該」，因此正確答案是選項2「はず／應該」。

選項1「わけ／因為，理應」是表示理由，或是理所當然的意思。選項3「から／因為」是表示原因或理由的助詞。選項4「こと／事情」是表示事情或情況的詞語。

例句：

1 <u>說謊實在無法原諒</u>。

2 工作<u>應該</u>會在五點之前完成。

3 <u>因為</u>不小心導致發生了事故。

4 <u>曾經</u>滑過雪。

5　　　　　　　　　　　　　　　　　　　　　　　　　　　Answer **4**

1 実現できる	2 成功する	3 考えられる	4 成功させる
1 得以實現	2 盡善盡美	3 可以想見	4 使完美

すでに留学しているので、1「実現する」、3「考えられる」は不正解。正解は、2「成功する」、4「成功させる」のどちらかである。空欄のすぐ前の「も」に注意する。「も」を「を」に言い換えてみると、「を成功する」では変な文になる。「成功する」は自動詞なので、使役形にする必要がある。したがって4が適切である。

例：

4 学園祭を<u>成功させ</u>たい。

因為作者已經在留學了，所以選項1「実現する／得以實現」、選項3「考えられる／可以想見」都不正確。正確答案應該是選項2「成功する／盡善盡美」或選項4「成功させる／使完美」其中一個。請留意空格前的「も／也」。「も」改成「を」會變成「を成功する」，語法是不通順的。由於「成功する／完美」是自動詞，所以必須寫成使役形。因此，正確答案是選項4「成功させる／使完美」。

例句：

4 <u>希望校慶舉辦成功</u>。

1 文法闖關大挑戰

文法知多少？請完成以下題目，從選項中，
選出正確答案，並完成句子。

《答案詳見右下角。》

2 信じると決めた（　　　）、最
後まで味方しよう。

　1. とする　　2. からには

1. する：如果…的話
2. とからには：既然…就…

4 聴解試験はこの教室（　　　）
行われます。

　1. において　　2. に関して

1. において：在…
2. に関して：關於…

6 兄は由紀（　　　）、いつも優
しかった。

　1. について　　2. に対して

1. について：針對…
2. に対して：對於…

1 私の経験（　　）、そういうときは
早く謝ってしまった方がいいよ。

　1. として　　2. からいうと

1. として：作為…
2. からいうと：從…來説

3 責任者（　　　）、状況を説明
してください。

　1. として　　2. とすれば

1. として：作為…
2. とすれば：如果…

5 フランスの絵画（　　　）、研
究しようと思います。

　1. に関して　　2. に対して

1. に関して：關於…
2. に対して：對（於）…

7 たった千円でも、子ども
（　　　）大金です。

　1. にとっては　　2. においては

1. にとっては：對…來説
2. においては：在…

答案：(1) 2　(2) 2　(3) 1　(4) 1
(5) 1　(6) 2　(7) 1

立場

□ からいうと、からいえば、からいって 比較 として、としては

□ からには、からは 比較 とすれば、としたら、とする

□ として、としては 比較 とすれば、としたら、とする

状況

□ において、においては、においても、における 比較 にかんして

関連

□ にかんして（は）、にかんしても、にかんする 比較 にたいして

□ にたいして（は）、にたいし、にたいする 比較 について（は）、につき、についても、についての

□ にとって（は）、にとっても、にとっての 比較 において、においては、においても、における

▶心智圖

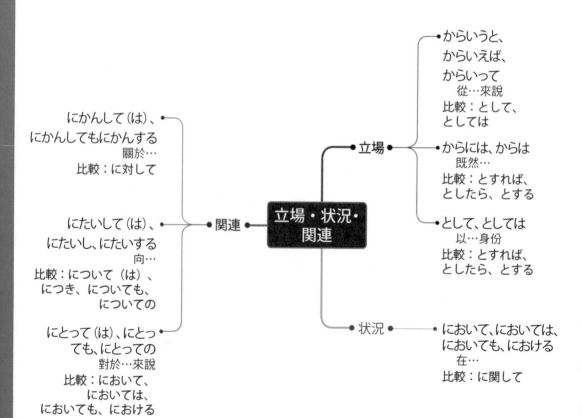

1

からいうと、からいえば、からいって
従…來說、從…來看、就…而言

比較

として、としては
以…身份；如果是…的話

【名詞】＋からいうと、からいえば、からいって。表示判斷的依據及角度。表示站在某一立場上來進行判斷。

例 環境破壊という点からいうと、リゾートなどを作るべきではない。

從環境破壞的觀點來看，不應該蓋渡假村之類的。

【名詞】＋として、としては。接在名詞後面，表示身份、地位、資格、立場、種類、名目、作用等。

例 責任者として、状況を説明してください。

請以負責人的身份，説明一下狀況。

2

からには、からは
既然…、既然…，就…

比較

とすれば、としたら、とする
如果…、如果…的話、假如…的話

【動詞普通形】＋からには、からは。表示既然到了這種情況，後面就要「貫徹到底」的説法。因此，後句中表示説話人的判斷、決心、命令、勸誘及意志等。

例 コンクールに出るからには、毎日練習しなければだめですよ。

既然要參加競演會，不每天練習是不行的。

【名詞だ；形容動詞詞幹だ；[形容詞・動詞]普通形】＋とすれば、としたら、とする。表示順接的假定條件。在認清現況或得來的信息的前提條件下，據此條件進行判斷。後項是説話人判斷的表達方式。

例 資格を取るとしたら、看護士の免許をとりたい。

要拿執照的話，我想拿看護執照。

3

として、としては
以…身份；如果是…的話

比較

とすれば、としたら、とする
如果…、如果…的話、假如…的話

【名詞】＋として、としては。接在名詞後面，表示身份、地位、資格、立場、種類、名目、作用等。

例 子を持つ母として、一言意見を述べたいと思います。

我想以有小孩的母親的身份，説一下我的意見。

【名詞だ；形容動詞詞幹だ；[形容詞・動詞]普通形】＋とすれば、としたら、とする。表示順接的假定條件。在認清現況或得來的信息的前提條件下，據此條件進行判斷。

例 この制度を実施するとすれば、財源をどうするか考えなければならない。

這個制度如果要實施，一定要思考財源該怎麼辦。

4

| において、においては、においても、における 在…、在…時候、在…方面 | 比較 | にかんして 關於…、關於…的… |

【名詞】＋において、においては、においても、における。表示動作或作用的時間、地點、範圍、狀況等。

例 我が社においては、有能な社員はどんどん昇進できます。

在本公司，有才能的職員都會順利升遷的。

【名詞】＋にかんして。表示就前項有關的問題，做出「解決問題」性質的後項行為。

例 昨日のゼミでは、アジアの経済に関して、討論した。

在昨天的研究會上討論關於亞洲的經濟。

5

| にかんして（は）、にかんしても、にかんする 關於…、關於…的… | 比較 | にたいして 向…、對（於）… |

【名詞】＋にかんして（は）、にかんしても、にかんする。表示就前項有關的問題，做出「解決問題」性質的後項行為。

例 経済に関する本をたくさん読んでいます。

看了很多關於經濟的書。

【名詞】＋にたいして。表示動作、感情施予的對象。

例 この問題に対して、ご意見を聞かせてください。

針對這問題請讓我聽聽您的意見。

6

| にたいして（は）、にたいし、にたいする 向…、對（於）… | 比較 | について（は）、につき、についても、についての 有關…、就…、關於… |

【名詞】＋にたいして（は）、にたいし、にたいする。表示動作、感情施予的對象。

例 この問題に対して、ご意見を聞かせてください。

針對這問題讓我聽聽您的意見。

【名詞】＋について（は）、につき、についても、についての。表示前項先提出一個話題，後項就針對這個話題進行説明。

例 中国の文学について勉強しています。

我在學中國文學。

7

にとって（は）、にとっても、にとっての 對於…來說

比較

【名詞】＋にとって（は）、にとっても、にとっての。表示站在前面接的那個詞的立場，來進行後面的判斷或評價。

例 この事件は、彼女にとってショックだったに違いない。

　這個事件，對她肯定打擊很大。

において、においては、においても、における 在…、在…時候、在…方面

【名詞】＋において、においては、においても、における。表示動作或作用的時間、地點、範圍、狀況等。

例 我が社においては、有能な社員はどんどん昇進できます。

　在本公司，有才能的職員都會順利升遷的。

問題1 次の文章を読んで、文章全体の内容を考えて、 1 から 5 の中に入る最もよいものを、1・2・3・4から一つえらびなさい。

下の文章は、留学生のチンさんが、帰国後に日本のホストファミリーの高木さんに出した手紙である。

高木家のみなさま、お元気ですか。

ホームステイの時は、大変お世話になりました。みなさんに温かく 1 、まるで親せきの家に遊びに行った 2 気持ちで過ごすことができました。のぞみさんやしゅんくんと富士山に登ったことも楽しかったし、うどんを作ったり、お茶をいれたり、いろいろな手伝いを 3 ことも、とてもよい思い出です。

実は、日本に行く前は、ホームステイをすることは考えていませんでした。もしホームステイをしないで、ホテルに 4 泊まらなかったら、高木家のみなさんと知り合うこともできなかったし、日本人の考え方についても何もわからないまま帰国するところでした。お宅にホームステイをさせていただいて、本当によかったと思っています。

来年は、交換留学生として日本に行きます。その時は必ずまたお宅にうかがって、私の国の料理を 5 ほしいと思っています。

もうすぐお正月ですね。みなさん、健康に注意して、よいお年をお迎えください。

チン・メイリン

1

1　迎えられたので　　　　　2　迎えさせたので

3　迎えたので　　　　　　　4　迎えさせられて

2

1　みたい　　　　　　　　　2　そうな

3　ような　　　　　　　　　4　らしい

3

1　させていただいた　　　　2　していただいた

3　させてあげた　　　　　　4　してもらった

4

1　だけ　　　　　　　　　　2　しか

3　ばかり　　　　　　　　　4　ただ

5

1　いただいて　　　　　　　2　召し上がらせて

3　召し上がって　　　　　　4　作られて

下の文章は、留学生のチンさんが、帰国後に日本のホストファミリーの高木さんに出した手紙である。

高木家のみなさま、お元気ですか。

ホームステイの時は、大変お世話になりました。みなさんに温かく　[1]　、まるで親せきの家に遊びに行った　[2]　気持ちで過ごすことができました。のぞみさんやしゅんくんと富士山に登ったことも楽しかったし、うどんを作ったり、お茶をいれたり、いろいろな手伝いを　[3]　ことも、とてもよい思い出です。

実は、日本に行く前は、ホームステイをすることは考えていませんでした。もしホームステイをしないで、ホテルに　[4]　泊まらなかったら、高木家のみなさんと知り合うこともできなかったし、日本人の考え方についても何もわからないまま帰国するところでした。お宅にホームステイをさせていただいて、本当によかったと思っています。

来年は、交換留学生として日本に行きます。その時は必ずまたお宅にうかがって、私の国の料理を　[5]　ほしいと思っています。

もうすぐお正月ですね。みなさん、健康に注意して、よいお年をお迎えください。

チン・メイリン

以下文章是留學生陳同學回國後，寄給在日本時住的寄宿家庭的高木小姐的信。

高木家的大家，最近過得好嗎？

留宿府上時受大家的照顧了。因為大家的盛情款待，讓我感覺像是去親戚玩一樣的度過了開心的日子。與希美小姐和小俊一起去爬富士山非常開心，另外像是製作烏龍麵、沏茶等等，讓我幫忙各種事情，也都是非常美好的回憶。

其實，在到日本之前，我沒有考慮過要住在寄宿家庭。如果沒有住在寄宿家庭，只投宿旅館的話，不但無法結識高木家的各位，對於日本人的想法也將一無所知的就回國了。能夠寄宿府上，真的是太好了。

明年，我將作為交換學生前去日本。屆時請務必讓我再次拜訪尊府，希望能讓大家品嚐我國的料理。

就快要過年了呢。請大家注意身體健康，並預祝大家都能過個好年。

陳美琳

1 Answer **1**

| 1 迎えられたので | 2 迎えさせたので |
| 3 迎えたので | 4 迎えさせられて |

| 1由於（被）款待　　2因為使款待　　3因為款待了　　4被迫款待

チンさんが高木家のみなさんにしてもらったことなので、「迎えた」を受身形にした1「迎えられたので」が適切。
2「迎えさせたので」は使役形を使っているので不正解。3「迎えたので」は受身形でないので不正解。4「迎えさせられて」は使役受身なので不正解。
例：
1　妹にケーキを食べられた。（受身）
2　弟に魚を食べさせた。（使役）
3　私はカレーを食べた。（過去形）
4　母に野菜を食べさせられた。（使役受身）

因為陳同學得到高木家的各位的照顧，所以應該選「迎えた／款待了」的被動式，正確答案也就是選項1「迎えられたので／由於（受到）款待」。
選項2「迎えさせたので／因為使款待」是使役形，所以不正確。選項3「迎えたので／因為款待了」不是被動式，所以不正確。選項4「迎えさせられて／被迫款待」是使役被動式，所以也不正確。
例句：
1　蛋糕被妹妹吃掉了。（被動）
2　餵弟弟吃了魚。（使役）
3　我吃了咖哩。（過去形）
4　被媽媽逼著吃了蔬菜。（使役被動）

2 Answer **3**

| 1 みたい | 2 そうな | 3 ような | 4 らしい |
| 1像是 | 2看起來 | 3似的 | 4像～樣的 |

空欄の前の「まるで」に注意する。「まるで～ような」、「まるで～みたいな」でたとえの表現になる。
1「みたい」は「な」がないので名詞の「気持ち」に続かない。したがって、

請留意空格前的「まるで／簡直」。這是比喻的用法，一般寫成「まるで～ような／簡直像～一般」、「まるで～みたいな／簡直像～似的」。
選項1「みたい／像是」因為沒有加上

1 は不正解。2「そうな」はそういう様子だという意味を表すことばなので不正解。4「らしい」はたぶんそうだと思う気持ちやそのものにふさわしい様子を表すことばなので不正解。

例：

1 これ、まるで本物みたい。

2 おいしそうなメロンだね。

3 まるで母と話しているような気持ちになった。

4 学生らしい態度をとりなさい。

「な」，所以後面不能接名詞的「気持ち／心情」，所以不正確。選項2「そうな／看起來」表示就是這種情況（並非比喻），所以不正確。選項4「らしい／像～樣的」表示自己認為大概是這樣，或是表達符合該人或物應有的樣子，所以不正確。

例句：

1 這個簡直就像真品！

2 看起來很好吃的香瓜！

3 心情變得簡直在和媽媽說話似的。

4 請拿出學生應有的態度！

3

| 1 させていただいた | 2 していただいた |
| 3 させてあげた | 4 してもらった |

| 1 請讓我 | 2 請做 | 3 讓你 | 4 讓～做 |

ホストファミリーの高木さんに敬語を使っている。「させてもらう」を謙譲語で表している1「させていただいた」が適切。

2「していただいた」は「して」が間違い。手伝いをしたのは高木家のみなさんでなくチンさんなので、「させて」にする。3「させてあげた」は「あげた」のところが間違えている。「あげる」は目上の人には使わない。4「してもらった」は全体が違うので不正解。

例：

1 私に説明させていただきたい。

應該對寄宿家庭的高木小姐使用敬語。「させてもらう／讓我」的謙讓語是「させていただいた／請讓我」，因此正確答案是選項1「させていただいた／請讓我」。

選項2「していただいた／請做」的「して／做」是錯誤的。幫忙的人不是高木家的人，而是陳同學，所以應該寫成「させて／使做」。選項3「させてあげた／讓你」錯在「あげた／給」。「あげる」不能對上位者使用。選項4「してもらった／讓～做」的語法全部錯誤。

例句：

1 請讓我來為您說明。

1 だけ	2 しか	3 ばかり	4 ただ
1只有	2只有	3淨是	4光是

空欄のすぐ後が「泊まらなかった」と、否定形になっていることに注意する。後に否定形がくるのは2「しか」である。「しか〜ない」の形になる。

1「だけ」3「ばかり」も、「しか」と同じ意味だが、後は否定形にならないので不正解。4「ただ」も後に否定がくる場合があるが、ここでは「ただホテルに泊まったら」という意味なので不正解。

例：

1 100円だけ残しておく。

2 この教室には留学生しかいない。

3 休日はテレビばかり見ている。

4 妹はただ泣くだけだった。

由於空格後面接的是「泊まらなかった／沒有投宿旅館」，請留意這是否定句。後面能接否定句的是選項2「しか／只有」，也就是「しか〜ない／只有〜」的句型。

選項1「だけ／只有」和選項3「ばかり／淨是」的意思都和「しか」相同，但後面都不能接否定形，所以不正確。選項4「ただ／光是」後面雖然可以接否定形，但這裡如果用了「ただ」，意思會變成「光是投宿旅館的話」，所以也不正確。

例句：

1 只留下100圓。

2 這間教室裡只有留學生。

3 假日一整天都在看電視。

4 妹妹那時光是哭個不停。

| 1　いただいて | 2　召し上がらせて |
| 3　召し上がって | 4　作られて |

| 1 吃 | 2 X | 3 品嘗 | 4 做 |

料理を食べるのは高木家のみんな。したがって、「食べる」の尊敬語3「召し上がって」が適切である。

1「いただいて」は「食べる」の謙譲語なので不正解。2「召し上がらせて」は敬語の形が間違い。4「作られて」は「作る」の尊敬語だが、高木家の人が作るのではないので不正解。

例：

1　先生のお宅でお茶をいただいた。

3　私が焼いたケーキを召し上がってください。

4　先生は日本料理を作られた。

要享用料理的是高木家的人，因此要選「食べる／吃」的尊敬語，正確答案是選項3「召し上がって／品嘗」。

選項1「いただいて／吃」是「食べる／吃」的謙讓語，所以不正確。選項2「召し上がらせて」是不正確的敬語用法。選項4「作られて／做」是「作る／做」的尊敬語，但要做料理的並非高木家的人，所以也不正確。

例句：

1　在老師家用了茶。

3　請享用我烤的蛋糕。

4　老師烹調了日本料理。

1 文法闖關大挑戰

文法知多少？請完成以下題目，從選項中，選出正確答案，並完成句子。
《答案詳見右下角。》

1 写真（　　　）、年齢を推定しました。
1. にしたがって　2. に基づいて

1. にしたがって：隨著…
2. に基づいて：根據…

2 『金瓶梅』は、『水滸伝』（　　　）書かれた小説である。
1. をもとにして　2. に基づいて

1. をもとにして：以…為基礎
2. に基づいて：根據…

3 点A（　　　）、円を描いてください。
1. を中心に　2. をもとに

1. を中心に：以…為中心
2. をもとに：以…為根據

4 台湾は1年（　　　）雨が多い。
1. を通して
2. どおりに

1. を通して：在…期間
2. どおりに：照著…

5 社長の（　　　）、奥様がいらっしゃいました。
1. ついでに　2. かわりに

1. ついでに：順便…
2. かわりに：代替…

答案：(1) 2 (2) 1 (3) 1 (4) 1 (5) 2

素材・判断材料・手段
- □にもとづいて、にもとづき、にもとづく、にもとづいた 比較 にしたがって、にしたがい
- □をもとに、をもとにして 比較 にもとづいて
- □をちゅうしんに（して）、をちゅうしんとして 比較 をもとに、をもとにして

媒介
- □をつうじて、をとおして 比較 どおり、どおりに

代替
- □かわりに 比較 ついでに

◤心智圖

媒介
をつうじて、をとおして
　　透過…
比較：どうり、どおりに

にもとついて、にもとづき、にもとづく、にもとづいた
　　根據…
比較：にしたがって、にしたがい

をもとに、をもとにして
　　以…為根據
比較：にもとづいて

をちゅうしんに（して）、をちゅうしんとして
　　以…為重點
比較：をもとに、をもとにして

素材・判断材料・手段・

素材・判断材料・手段・媒介・代替

替代
かわりに
雖然…但是…
比較：ついでに

1

にもとづいて、にもとづき、にもとづく、にもとづいた　根據…、按照…

比較

【名詞】＋にもとづいて、にもとづき、にもとづく、にもとづいた。表示以某事物為根據或基礎。

例 違反者は法律に基づいて処罰されます。

違者依法究辦。

にしたがって、にしたがい

伴隨…、隨著…；依照…、遵循…

【名詞；動詞辭書形】＋にしたがって、にしたがい。表示隨著前項的動作或作用的變化，後項也跟著發生相應的變化，或表示動作的基準或規範。

例 課税率が高くなるにしたがって、国民の不満が高まった。

隨著課稅比重的提升，國民的不滿的情緒也更加高漲。

2

をもとに、をもとにして　以…為根據、以…為參考、在…基礎上

比較

【名詞】＋をもとに、をもとにして。表示將某事物做為啟示、根據、材料、基礎等。後項的行為、動作是根據或參考前項來進行的。

例 彼女のデザインをもとに、青いワンピースを作った。

以她的設計為基礎，裁製了藍色的連身裙。

にもとづいて

根據…、按照…、基於…

【名詞】＋にもとづいて。表示以某事物為根據或基礎。

例 違反者は法律に基づいて処罰されます。

違者依法究辦。

3

をちゅうしんに（して）、をちゅうしんとして　以…為重點、以…為中心

比較

【名詞】＋をちゅうしんに（して）、をちゅうしんとして。表示前項是後項行為、狀態的中心。

例 海洋開発を中心に、討論を進めました。

以海洋開發為中心進行討論。

をもとに、をもとにして　以…為根據、以…為參考、在…基礎上

【名詞】＋をもとに、をもとにして。表示將某事物做為啟示、根據、材料、基礎等。後項的行為、動作是根據或參考前項來進行的。

例 教科書をもとに、図を描いてみてください。

請參考課本畫畫看。

4

をつうじて、をとおして
透過…；在整個範圍…

比較

どおり、どおりに
按照、正如…那樣、像…那樣

【名詞】＋をつうじて、をとおして。表示利用某種媒介（如人物、交易、物品等），來達到某目的（如物品、利益、事項等）。

例 彼女を通じて、間接的に彼の話を聞いた。

透過她，間接地知道他所説的。

【名詞】＋どおり、どおりに。「どおり」是接尾詞。表示按照前項的方式或要求，進行後項的行為、動作。

例 結果は予想どおりだった。

結果就如預想的一樣。

5

かわりに　雖然…但是…；代替…

比較

ついで（に）順便…、順手…、就便…

【名詞の；動詞普通形】＋かわりに。表示由另外的人或物來代替。意含「本來是前項，但因某種原因由後項代替」；表示一件事同時具有兩個相互對立的側面，一般重點在後項。

例 正月は、海外旅行に行くかわりに近くの温泉に行った。

過年不去國外旅行，改到附近洗溫泉。

【名詞の；動詞普通形】＋ついで（に）。表示做某一主要的事情的同時，再追加順便做其他件事情。

例 先生の見舞いのついでに、デパートで買い物をした。

到醫院去探望老師，順便到百貨公司買東西。

問題1　つぎの文の（　）に入れるのに最もよいものを、1・2・3・4から一つえらびなさい。

1 このパンは、小麦粉と牛乳（　　　）できています。

1　が　　　　　　　　　　2　を

3　に　　　　　　　　　　4　で

2 調査の結果を（　　　）、新しい計画が立てられた。

1　もとに　　　　　　　　2　もとで

3　さけて　　　　　　　　4　もって

3 始めは泳げなかったのですが、練習するに（　　　）上手になりました。

1　して　　　　　　　　　2　したがって

3　なって　　　　　　　　4　よれば

4 A「明日の山登りには、お弁当と飲み物を持って行けばいいですね。」

B「そうですね。ただ、明日は雨が降る（　　　）ので、傘は持っていったほうがいいですね。」

1　予定な　　　　　　　　2　ことになっている

3　おそれがある　　　　　4　つもりな

問題2　つぎの文の＿★＿に入る最もよいものを、1・2・3・4から一つえらびなさい。

5 今日は母が病気でしたので、母の＿＿＿　＿★＿　＿＿＿　＿＿＿作りました。

1　姉が　　　　　　　　　2　おいしい

3　かわりに　　　　　　　4　夕御飯を

6 母に＿＿＿　＿＿＿　＿★＿　＿＿＿　、昔、この辺りは川だったそうです。

1　ところ　　　　　　　　2　聞く

3　に　　　　　　　　　　4　よると

問題 1

1　Answer **④**

このパンは、小麦粉と牛乳（　　　）できています。

1　が　　　　　2　を　　　　　3　に　　　　　4　で

這種麵包是（用）麵粉和牛奶製成的。

1×　　　　　2×　　　　　3在　　　　　4用

材料を表す助詞は「で」。「〜を使って」と言い換えることができる。「小麦粉と牛乳を使って」ということである。

例：

1　犬が鳴いている。

（ここでの「が」は、後に述べられている動作が何であるかを示す。）

2　電車を降りる。

（ここでの「を」は、動作の始まる場所を示す。）

3　毎朝、7時に起きる。

（ここでの「に」は、時間を示す。）

4　紙でふくろを作る。

表示材料的助詞是「で／用」，可用「〜を使って／使用〜」來替代，也就是「小麦粉と牛乳を使って／使用麵粉和牛奶」。

例句：

1　狗在吠。

　（此處的「が」用於表示後面敘述的動作是什麼。）

2　下電車。

　（此處的「を」表示動作開始的場所。）

3　每天早上7點起床。

　（此處的「に／在」表示時間。）

4　用紙做袋子。

2　Answer **①**

調査の結果を（　　　）、新しい計画が立てられた。

1　もとに　　　2　もとで　　　3　さけて　　　4　もって

（以）以調查的結果（為根據），訂立了新的計畫。

1以〜為根據　　2在〜之下　　3避開　　　　4用以

「もと」は「ものごとの土台となるもの」。問題文は「調査の結果を<u>もとに</u>して」ということである。したがって、1「もとに」が<ruby>正<rt>ただ</rt></ruby>しい。

例：
1　実験結果を<u>もとに</u>、論文を書く。

「もと／根據」是「事物的基礎」的意思。題目的意思是「調查の結果を<u>もとに</u>して／以調查的結果為根據」。因此正確答案為選項1「もとに」。

例句：
1　根據實驗結果撰寫論文。

3　Answer **②**

始めは泳げなかったのですが、練習するに（　　　）上手になりました。

1　して　　　2　したがって　　　3　なって　　　4　よれば

剛開始不會游泳，但（隨著）反覆練習，已經越來越會游了。
1雖然　　　2隨著　　　3變成　　　4根據

「練習するにつれて」という意味を表すのは2「したがって」。動詞は「したがう」で、「〜にしたがって」の形で使うと、「〜につれて」の意味になる。

例：
2　日本語を勉強するに<u>したがって</u>、漢字が好きになった。

能表示「練習するにつれて／隨著練習」之意的是選項2「したがって／隨著」。由動詞「したがう／隨著」，變化為句型「〜にしたがって／隨著」時，意思就是「〜につれて／隨著」。

例句：
2　隨著學習日語，我越來越喜歡漢字了。

4　Answer **③**

A「明日の山登りには、お弁当と飲み物を持って行けばいいですね。」
B「そうですね。ただ、明日は雨が降る（　　　）ので、傘は持っていったほうがいいですね。」

1　予定な　　　　　　　　2　ことになっている
3　おそれがある　　　　　4　つもりな

A：「明天的爬山，帶便當和飲料去就行了吧？」
B：「是啊。不過，明天（恐怕）會下雨，傘還是帶著比較好吧。」

1因為預定　　　2已預定　　　3恐怕　　　4因為打算

明日雨が降るかもしれないと心配している。よくないことが起こりそうな心配を表すことばは3「おそれ」。
1「予定」や2「ことになっている」は「これからすることを前もってすること」。4「つもり」は「そうしようと、前もって思っていること」。天気は人が決めることはできないで1・2・4は不正解。

例：
1 午後は3時から会議の予定だ。
2 明日、開会式が行われることになっている。
3 この薬は眠くなるおそれがあるので、車の運転はしないでください。
4 夏休みはアルバイトをがんばるつもりだ。

這題的題意是擔心明天或許會下雨。表示擔心發生不好之事的詞語是選項3「おそれ／恐怕」。

選項1的「予定／預定」和選項2「ことになっている／已預定」是「事先規劃接下來要做的事」的意思。選項4的「つもり／打算」是「事先就想要這麼做」的意思。天氣並非人為可以決定，因此選項1、2、4不正確。

例句：
1 預定下午3點開始開會。
2 已預定明天舉行開幕典禮。
3 因為這個藥恐怕會導致嗜睡，所以請不要開車。
4 暑假打算努力打工。

問題2

5

Answer ❶

今日は母が病気でしたので、母の＿＿＿＿ ★ ＿＿＿＿＿＿＿作りました。
1 姉が　　　2 おいしい　　　3 かわりに　　　4 夕御飯を

今天媽媽生病了，於是 1 姐姐 3 代替 媽媽煮了 2 好吃的 4 晚餐。
1 姐姐　　　2 好吃的　　　3 代替　　　4 晚餐

正しい語順：今日は母が病気でしたので、母の かわりに 姉が おいしい 夕御飯を 作りました。

「かわりに」の前は、「（な形容詞（形容動詞）＋な」、あるいは、「名詞＋の」語が来ることに注目すると、

正確語順：今天媽媽生病了，於是姐姐代替媽媽煮了好吃的晚餐。

「かわりに／代替」之前是「な形容詞（形容動詞）＋な」，也就是說要注意「名詞＋の」的用法，由此可知此句是「母のかわりに／代替媽媽」。因為要表達「母で

「母のかわりに」になることがわかる。「母ではなく〜が」という意味なので、「〜」には、人に関係する「姉が」が入る。「母ではなく姉が」ということである。また、「い形容詞（形容詞）」の「おいしい」の後には、名詞が来る。名詞は「姉」「夕御飯」だが、「おいしい」を付けて意味が通じるのは、「おいしい夕御飯」である。問題文の最後は、「作りました」なので、何を作ったのか（対象）を探すと、「夕御飯を」が見つかる。

このように考えていくと、「3→1→2→4」の順となり、問題の＿＿★＿＿には、1の「姉が」が入る。

はなく〜が／不是媽媽而是〜」的意思，所以「〜」的部分應填入和人物有關的「姉が／姐姐」，也就是「母ではなく姉が／不是媽媽而是姐姐」的意思。另外，「い形容詞（形容詞）」的「おいしい／好吃的」之後應該接名詞，而名詞的選項有「姉／姐姐」以及「夕御飯／晚餐」，但是接在「おいしい」後面並且語意正確的應該是「おいしい夕御飯／好吃的晚餐」。題目的最後是「作りました／煮了」，所以要找究竟煮了什麼東西（對象），發現應該是「夕御飯を／晚餐」。

如此一來順序就是「3→1→2→4」，＿＿★＿＿的部分應填入選項1「姉が／姐姐」。

6

Answer ❸

母に＿＿＿＿ ＿＿＿＿ ＿＿★＿＿ ＿＿＿＿ 、昔、この辺りは川だったそうです。

1 ところ	2 聞く	3 に	4 よると

4根據 向媽媽 2打聽的結果，這一帶以前是河川。

1 X	2 打聽	3 X	4 根據

正しい語順：母に 聞く ところ に よると、昔、この辺りは川だったそうです。

「〜によると」という言い方に注目する。「によると」は、名詞に接続するので、「ところによると」になる。また、「聞くところによると」は、「聞いたことによると」という意味になる。

このように考えていくと、「2→1→3→4」の順となり、問題の＿＿★＿＿には、3の「に」が入る。

正確語順：根據向媽媽打聽的結果，這一帶以前是河川。

請留意「〜によると／根據」的用法。「によると」的前面必須是名詞，所以是「ところによると／根據〜的結果」。又，「聞くところによると／根據打聽的結果」的意思是「聞いたことによると／根據打聽的結果」。

如此一來順序就是「2→1→3→4」，＿＿★＿＿應填入選項3「に」。

日文小祕方—口語常用說法

って／て

① | ということだ ➡ って、だって | ┌口語變化┐ | ┌中譯┐ (某某)説…、 聽説… |

説明【[形容詞・動詞]普通形】＋（んだ）って；【名詞；形容動詞詞幹】＋（なん）だって。「…って」是「…ということだ」的口語形。表示傳聞。是引用傳達別人的話，這些話常常是自己直接聽到的。

▶ 彼女、行かないって。
聽説她不去。

▶ お兄さん、今日は帰りが遅くなるって。
哥哥説過他今天會晚點回家唷！

▶ 彼女のご主人、お医者さんなんだって。
聽説她老公是醫生呢！

たって／だって

② | ても ➡ たって | ┌口語變化┐ | ┌中譯┐ 即使…也…、 雖説…但是… |

説明【形容詞く形；動詞た形】＋たって。「…たって」就是「…ても」。表示假定的條件。後接跟前面不合的事，後面的成立，不受前面的約束。

▶ 私に怒ったってしかたないでしょう？
就算你對我發脾氣也於事無補吧？

▶ いくら勉強したって、わからないよ。
不管我再怎麼用功，還是不懂嘛！

▶ 遠くたって、歩いていくよ。
就算很遠，我還是要走路去。

▶ いくら言ったってだめなんだ。
不管你再怎麼説還是不行。

希望・願望・意志・決定・感情表現

1 文法闖關大挑戰

文法知多少？請完成以下題目，從選項中，選出正確答案，並完成句子。
《答案詳見右下角。》

1
冷たいビールが飲み（　　　）なあ。
1. たい　2. ほしい

1. たい：想…
2. ほしい：想要…

2
国に帰ったら、父の会社を手伝う（　　　）です。
1. つもり　2. たい

1. つもりだ：打算…
2. たい：想…

3
ほこりがたまらない（　　　）、毎日掃除をしましょう。
1. ために　2. ように

1. ために：為了…
2. ように：為了…

4
警察なんかに捕まるものか。必ず逃げ（　　　）。
1. 切ってみせる　2. 切ってみる

1. てみせる：一定要…
2. てみる：試著（做）…

5
彼の味方になんか、なる（　　　）。
1. もの　2. ものか

1. もの：…嘛
2. ものか：才不…呢

6
勉強が辛くて（　　　）。
1. たまらない
2. ほかない

1. たまらない：非常…
2. ほかない：只好…

7
昔のことが懐かしく思い出されて（　　　）。
1. ならない　2. たまらない

1. てならない：…得厲害
2. たまらない：非常…

8
感謝（　　　）、ブローチを贈りました。
1. をこめて　2. をつうじて

1. をこめて：傾注…
2. をつうじて：通過…

答案：(1) 1 (2) 1 (3) 2 (4) 1 (5) 2 (6) 1 (7) 1 (8) 1

2 希望・願望・意志・決定・感情表現總整理

希望・願望・意志・決定

□たい 比較 ほしい

□つもりだ 比較 たい

□ように 比較 ために

□てみせる 比較 てみる

感情表現

□ものか 比較 もの、もん

□て（で）たまらない 比較 ほかない、ほかはない

□て（で）ならない 比較 て（で）たまらない

□をこめて 比較 をつうじて、をとおして

心智圖

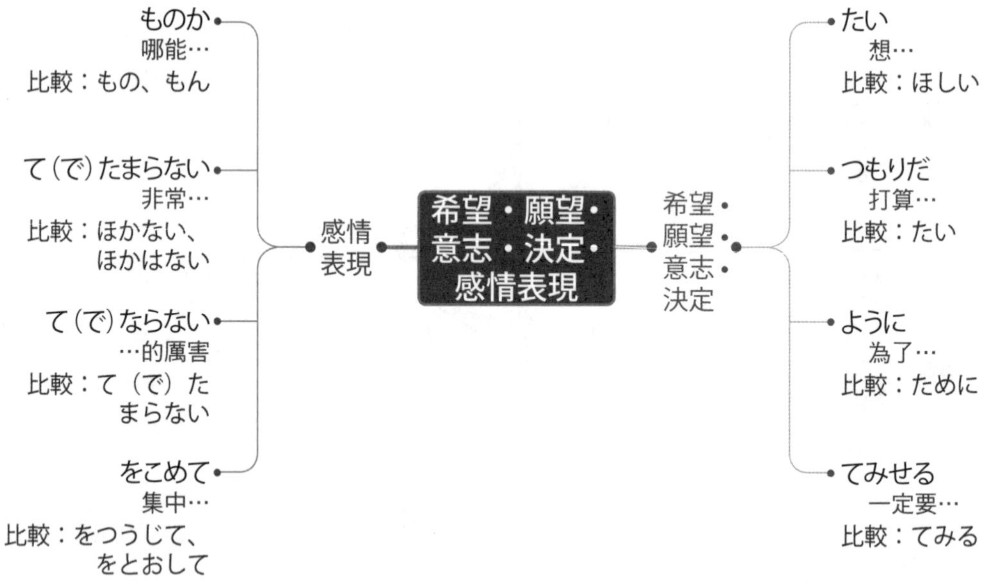

1

たい 想…、想要… 比較 ### ほしい …想要…

【動詞ます形】＋たい。表示説話人（第一人稱）的內心願望。疑問句則是聽話人內心的願望。

例 社会人になったら一人暮らしをしたいと思います。

我希望在進入社會工作以後，能夠自己一個人住。

【名詞＋が】＋ほしい。的形式。表示説話人（第一人稱）想要把什麼東西弄到手，想要把什麼東西變成自己的，希望得到某物的句型。

例 新しい洋服がほしいです。

我想要新的洋裝。

2

つもりだ 打算…、準備… 比較 ### たい 想…、想要…

【動詞辭書形】＋つもりだ。表示意志、意圖。既可以表示説話人的意志、預定、計畫等。

例 しばらく会社を休むつもりです。

打算暫時向公司請假。

【動詞ます形】＋たい。表示説話人（第一人稱）的內心願望。疑問句則是聽話人內心的願望。

例 生まれ変わったら、ビル・ゲイツになりたい。

希望我的下輩子會是比爾・蓋茲。

3

ように 為了… 比較 ### ために 以…為目的；為了…

【動詞辭書形；動詞否定形】＋ように。表示行為主體的希望、願望。

例 首が楽なように枕を低くした。

為了讓脖子輕鬆點，將枕頭位置調低。

【名詞の；動詞辭書形；[動詞・形容詞]普通形；形容動詞詞幹な】＋ために。表示為了某一目的，而有後面積極努力的動作、行為。前項是後項的目標。

例 パソコンを買うためにアルバイトをしています。

為了買電腦而打工。

4

てみせる 一定要…

比較

てみる 試著（做）…

【動詞て形】＋みせる。表示為了讓別人能瞭解，做出實際的動作給別人看。或表示説話人強烈的意志跟決心，含有顯示自己的力量、能力的語氣。

例 接客の模範実演を新入社員にやってみせた。

示範接待客人的標準方式給新人看。

【動詞て形】＋みる。表示嘗試著做前接的事項，由於不知道好不好、對不對，所以嘗試做做看。

例 一度富士山に登ってみたいです。

我想爬一次富士山看看。

5

ものか
哪能…、才不…呢

比較

もの、もん
因為…嘛

【形容動詞詞幹な；[形容詞・動詞]辭書形】＋ものか。句尾聲調下降。表示強烈的否定情緒。或是説話人絕不做某事的決心，或是強烈否定對方的意見。比較隨便的説法是「…もんか」。

例 勝敗なんか、気にするものか。

我才不在乎勝敗呢！

【[名詞・形容動詞詞幹]んだ；[形容詞・動詞]普通形んだ】＋もの、もん。助詞「もの（もん）」接在句尾，多用在會話中。表示説話人很堅持自己的正當性，而對理由進行辯解。

例 運動はできないよ。退院した直後だもん。

人家不能運動，因為剛出院嘛！

6

て（で）たまらない
非常…、…得受不了

比較

ほかない、ほかはない
只有…、只好…、只得…

【[形容詞・動詞]て形】＋たまらない；【形容動詞詞幹】＋でたまらない。前接表示感覺、感情的詞，表示説話人強烈的感情、感覺、慾望等。

例 婚約したので、嬉しくてたまらない。

訂了婚，所以高興得不得了。

【動詞辭書形】＋ほかない、ほかはない。表示雖然心裡不願意，但又沒有其他方法，只有這唯一的選擇，別無它法。

例 家が貧しかったので、中学を出たらすぐ就職するほかなかった。

我家很窮，所以中學畢業後只好馬上去工作。

7

て（で）ならない
…得厲害、…得受不了、非常…

比較

て（で）たまらない
非常…、…得受不了

【[形容詞・動詞]て形】＋ならない；
【名詞；形容動詞詞幹】＋でならない。表示因某種感情、感受十分強烈，達到沒辦法控制的程度。

例 彼女のことが気になってならない。

十分在意她。

【[形容詞・動詞]て形】＋たまらない；【形容動詞詞幹】＋でたまらない。前接表示感覺、感情的詞，表示說話人強烈的感情、感覺、慾望等。也就是說話人心情或身體，處於難以抑制，不能忍受的狀態。

例 名作だと言うから読んでみたら、退屈でたまらなかった。

說是名作，看了之後，覺得無聊透頂了。

8

をこめて
集中…、傾注…

比較

をつうじて、をとおして
透過…；在整個範圍…

【名詞】＋をこめて。表示對某事傾注思念或愛等的感情。

例 みんなの幸せのために、願いをこめて鐘を鳴らした。

為了大家的幸福，以虔誠的心鳴鐘祈禱。

【名詞】＋をつうじて、をとおして。表示利用某種媒介（如人物、交易、物品等），來達到某目的（如物品、利益、事項等）。

例 彼女を通じて、間接的に彼の話を聞いた。

透過她，間接地知道他所說的。

日文小祕方—口語常用說法

其他各種口語縮約形

① ┌─口語變化─┐
變短

說明 口語的表現，就是求方便，聽得懂就好了，所以容易把音吃掉，變得更簡短，或是改用比較好發音的方法。如下：

けれども ➡ けど	ところ ➡ とこ	すみません ➡ すいません
わたし ➡ あたし	このあいだ ➡ こないだ	

▶ 今迷ってるとこなんです。
　　我現在正猶豫不決。

▶ 音楽会の切符あるんだけど、どう？
　　我有音樂會的票，要不要一起去呀？

▶ あたし、料理苦手なのよ。
　　我的廚藝很差。

② ┌─口語變化─┐
長音短音化

說明 把長音發成短音，也是口語的一個特色。總之，口語就是一個求方便、簡單。括號中為省去的長音。

▶ かっこ（う）いい彼がほしい。
　　我想要一個很帥的男朋友。

▶ 今日、けっこ（う）歩くね。
　　今天走了不少路哪！

問題1　つぎの文の（　　）に入れるのに最もよいものを、１・２・３・４から一つえらびなさい。

1　新しい家が買える（　　　　）一生けん命がんばります。

　　1　ように　　　　　　　　2　ために

　　3　ことに　　　　　　　　4　といっても

2　子ども「えーっ、今日も魚？ぼく、魚、きらいなんだよ。」

　　母親「そんなこと言わないで。おいしいから食べて（　　　　）よ。」

　　1　みる　　　　　　　　　2　いる

　　3　みて　　　　　　　　　4　ばかり

3　A「具合がわるそうね。医者に行ったの？」

　　B「うん。お酒をやめる（　　　　）言われたよ。」

　　1　からだと　　　　　　　2　ようだと

　　3　ように　　　　　　　　4　ことはないと

4　ああ、喉が乾いた。冷たいビールが（　　　　）。

　　1　飲めたいなあ　　　　　2　飲みたいなあ

　　3　飲もうよ　　　　　　　4　飲むたいなあ

5　A「日曜日の朝は、早いよ。」

　　B「大丈夫だよ。ゴルフの（　　　　）どんなに早くても。」

　　1　ために　　　　　　　　2　せいなら

　　3　せいで　　　　　　　　4　ためなら

6　今年の夏こそ、絶対にやせて（　　　　）。

　　1　みた　　　　　　　　　2　らしい

　　3　もらう　　　　　　　　4　みせる

5 翻譯與解題

Answer ❶

1

新しい家が買える（　　　）一生けん命がんばります。

1　ように	2　ために	3　ことに	4　といっても

（為了）買新房子而拚命努力。

1 為了	2 因為	3 總是	4 雖說

「ように」の形で、目的、願望などを表す。接続は辞書形、「ない形」をとる。2「ために」は原因・理由を表し、「名詞＋の～ために」の形をとるので不正解。3「ことに」は習慣を表す。4「といっても」は仮定の条件を表す。3・4を入れると、文の意味が変になるので不正解。

例：

1　大学に合格できるように、毎日勉強している。

2　大雪のために、電車が止まりました。

3　外から帰ったら、手を洗うことにしている。

4　駅まで遠いといっても、自転車で行けばすぐだ。

「ように／為了」表示目的、願望等，後面可以接辭書形以及「ない形」。

選項2「ために／為了」表示原因、理由，其句型是「名詞＋の～ために／為了」，所以不正確。選項3「ことに／總是」表示習慣。選項4「といっても／雖說」表示假定條件。如果填入選項3或選項4，句子的意思並不通順，所以不正確。

例句：

1　為了考上大學，每天都用功讀書。

2　因為大雪，電車停駛了。

3　從外面回到家後，總是先洗手。

4　雖說到車站很遠，但騎腳踏車的話很快就到了。

Answer ❸

2

子ども「えーっ、今日も魚？ぼく、魚、きらいなんだよ。」
母親「そんなこと言わないで。おいしいから食べて（　　　）よ。」

1　みる	2　いる	3　みて	4　ばかり

小孩：「唉唷，今天又吃魚？我討厭魚啦！」
母親：「不要說這種話。很好吃的，你吃吃（看）嘛！」

1 試	2 正在	3 試試看	4 才剛

「みる」は「『〜てみる』の形で、『ためしに〜する』の意味を表すことば」。（　）の後の「よ」は相手を誘う言い方。「みる」を「て形」にする必要がある。したがって、3「みて」が正しい。
1「みる」は辞書形なので不正解。
例：
1　新しくできたパン屋へ行ってみる。
2　赤ちゃんが寝ている。
3　このめがね、かけてみてよ。
4　さっき来たばかりだよ。

「みる／試試看」是「以『〜てみる／試試看』的句型表達『ためしに〜する／嘗試做〜』的意思」。（　）之後的「よ／嘛」是邀請對方的用法。本題的「みる」要用「て形」，因此選項3「みて／試試看」才是正確答案。
選項1「みる／試」是辭書形所以不正確。
例句：
1　去新開的麵包店瞧瞧。
2　小嬰兒正在睡覺。
3　試戴看看這副眼鏡。
4　才剛到而已嘛。

3　Answer ❸

A「具合がわるそうね。医者に行ったの？」
B「うん。お酒をやめる（　　　）言われたよ。」
1　からだと　　　2　ようだと　　　3　ように　　　4　ことはないと

A：「狀況似乎不太好哦。看過醫生了嗎？」
B：「嗯。醫生（要）我戒酒。」
1因為　　　　2似乎　　　　3要　　　　4不必

軽い命令を表すことばは3「ように」。
「ように」の前は辞書形、または、「ない形」になる。「お酒をやめなさい」ということである。4「ことはない」にすると、「お酒をやめなくてもいい」という意味になってしまう。
1「から」は原因を表す。2「ようだ」は様態や比況を表す。
例：

帶有輕微命令語氣的詞語是選項3「ように／要」。
「ように」的前面要用辭書形或是「ない形」。因此意思是「お酒をやめなさい／不要喝酒」。如果是選項4「ことはない／不必」，意思會變成「お酒をやめなくてもいい／不必戒酒也沒關係」。
選項1「から／因為」表示原因。選項2「ようだ／似乎，好像」表示樣態或比喻。
例句：

1　友だちに、太ったのは、運動をし<u>ないからだ</u>と言われた。
（太った原因は運動不足。）

2　姉は、風邪をひいた<u>ようだ</u>と言った。
（たぶん、風邪をひいた。「ようだ」は様態。）
彼女は歌が上手で、歌手の<u>ように</u>。
（歌手に似ている。「ように」は比況。）

3　母に、早く寝る<u>ように</u>と言われた。（早く寝なさい。）

4　友だちは、あなたが<u>あやまること
はないと</u>、言った。
（あやまらなくていい。）

1　朋友說我變胖都是<u>因為</u>沒運動。
（變胖的原因是因為運動不足。）

2　姐姐說她<u>似乎</u>感冒了。
（大概是感冒了。「ようだ／似乎」表示樣態。）
他唱歌很好聽，<u>好像</u>歌手一樣。
（很像歌手。「ように／好像」是比喻）

3　媽媽<u>要</u>我早點睡。（早點睡。）

4　朋友說了，你<u>沒什麼好道歉的</u>。
（不用道歉也可以。）

4　Answer ❷

ああ、喉が乾いた。冷たいビールが（　　　　）。
1　飲めたいなあ　　2　飲みたいなあ　　3　飲もうよ　　4　飲むたいなあ

哎，口好渴。（好想喝）冰啤酒啊！
1 X　　　　2 想喝　　　　3 喝吧　　　　4 X

自分の希望を言う場合は「たい」を使う。「たい」の前の動詞は「ます形（連用形）」になる。
1「飲めたい」、4「飲むたい」は「ます形」ではないので不正解。3「飲もう」は誘う言い方。
例：
2　寒いね。温かいココアが<u>飲みたい</u>なあ。
（自分の希望。）

表達自己的希望時用「たい／想」，而「たい」前面的動詞需接「ます形（連用形）」。選項1「飲めたい」、選項4「飲むたい」不是「ます形」，所以不正確。選項3「飲もう／喝吧」是勸誘的說法。
例句：
2　好冷哦。<u>好想喝</u>熱可可啊！
（自己的希望）

3 寒いね。喫茶店で温かいココアを
<u>飲</u>もうよ。
（勧誘）

3 好冷哦。去咖啡廳喝熱可可吧！
（勧誘）

5

Answer ❹

A「日曜日の朝は、早いよ。」
B「大丈夫だよ。ゴルフの（　　　）どんなに早くても。」

1 ために 　　　2 せいなら 　　　3 せいで 　　　4 ためなら

A：「星期日早上的時間，未免約得太早了吧！」
B：「還好啦！（只要是為了）打高爾夫，多早起床都沒問題。」
1為了　　　2由於～之故　　　3因為　　　4如果是為了

問題文は、「ゴルフをするためには、早起きも平気だ」ということ。4「ためなら」の「ため」は目的、「なら」は「もしそうであれば」という気持ちを表すことば。
2と4の「せい」はある結果になった原因。
例：
1 <u>研究のために</u>、外国へ行く。
（研究の目的で。）
3 弟のいたずらの<u>せいで</u>、携帯が壊れた。
（携帯が壊れた原因。）
4 彼女の<u>ためなら</u>、何でもやるよ。
（彼女のためだったら。）

題目的意思是「為了打高爾夫球，早起也沒關係」。選項4「ためなら／如果是為了」的「ため／為了」表示目的，「なら／如果」則表達出「如果是這樣」的想法。選項2和4的「せい／因為」指出造成某種結果的原因。

例句：
1 <u>為了研究</u>而出國。
（目的為研究。）
3 <u>都怪弟弟</u>惡作劇，手機壞了。
（手機壞了的原因。）
4 <u>只要是為了</u>她，我什麼都願意做。
（如果是為了她……。）

今年の夏こそ、絶対にやせて（　　　　）。

1　みた　　　　　　　2　らしい　　　　3　もらう　　　　　4　みせる

今年夏天絕對變瘦（給你看）！

1 看到了　　　　　　2 似乎　　　　　3 得到　　　　　　4 給你看

問題文は「今年の夏こそ、絶対にやせる」ということ。（　）には強い決意を表すことば4「みせる」が入る。「みせる」は「〜てみせる」で使われる。

例：

4　今年こそ合格して<u>みせる</u>。

題目的意思是「今年夏天絕對會瘦下來」。所以（　）應填入表達強烈決心的選項4「みせる／讓〜看」。「みせる」此處是「〜てみせる／做給〜看」的句型。

例句：

4　今年絕對會合格給你看！

10 義務・不必要

1 文法闖關大挑戰

文法知多少？請完成以下題目，從選項中，
選出正確答案，並完成句子。
《答案詳見右下角。》

➊ 明日、試験があるので、今夜は
勉強（　　）。
1. しないわけにはいかない
2. に決まっている

1. ないわけにはいかない：必須…
2. に決まっている：肯定是…

➋ 誰も助けてくれないので、自分
で何とかする（　　）。
1. ほかない　2. ようがない

1. ほかない：只好…
2. ようがない：沒辦法

➌ あのおじさん苦手だけれど、正
月なのに親戚に挨拶に行かない
（　　）。
1. わけがない
2. わけにもいかない

1. わけがない：不可能…
2. わけにもいかない：也不行不…

➍ 終電が出てしまったので、タク
シーで（　　）。
1. 帰らないわけにはいかない
2. 帰るよりほかない

1. ないわけにはいかない：必須…
2. よりほかない：只有…

答案：(1) 1　(2) 1　(3) 2　(4) 2

肯定
□ ないわけに（は）いかない　比較　にきまっている
□ ほかない、ほかはない　比較　ようがない、ようもない
□ より（ほか）ない、よりしかたがない　比較　ないわけに（は）いかない

否定
□ わけにはいかない、わけにもいかない　比較　わけがない

心智圖

・ないわけに（は）いかない
　不能不…
　比較：にきまっている

わけにはいかない、わけにもいかない
不能…、不可…
比較：わけがない

否定　●　義務・不必要　●　肯定

・ほかない、ほかはない
　只有…
　比較：ようがない、ようもない

・より（ほか）ない、よりしかたがない
　只有…
　比較：ないわけに（は）いかない

1

ないわけに（は）いかない
不能不…、必須…

比較

にきまっている
肯定是…、一定是…

【動詞否定形】＋ないわけに（は）いかない。表示根據社會的理念、情理、一般常識或自己過去的經驗，不能不做某事，有做某事的義務。

例 ネクタイは嫌いだけれど、弟の結婚式だから、締めないわけにはいかない。

雖然我討厭領帶，但畢竟是弟弟的婚禮，總不能不繫。

【名詞；[形容詞・動詞]普通形】＋にきまっている。表示説話人根據事物的規律，覺得一定是這樣，不會例外，充滿自信的推測。

例 私だって、結婚したいに決まっているじゃありませんか。ただ、相手がいないだけです。

我也是想結婚的不是嗎？只是沒有對象呀。

2

ほかない、ほかはない
只有…、只好…、只得…

比較

ようがない、ようもない
沒辦法、無法…

【動詞辭書形】＋ほかない、ほかはない。表示雖然心裡不願意，但又沒有其他方法，只有這唯一的選擇，別無它法。

例 こうなったら、徹夜してでもやるほかない。

這樣的話，只好熬夜了。

【動詞ます形】＋ようがない、ようもない。表示不管用什麼方法都不可能，已經沒有其他方法了。

例 パソコンが壊れたので、メールのチェックのしようがない。

電腦壞掉了，所以沒辦法收電子郵件。

3

より（ほか）ない、よりしかたがない
只有…、除了…之外沒有…

比較

ないわけに（は）いかない
不能不…、必須…

【名詞；動詞辭書形】＋より（ほか）ない；【動詞辭書形】＋ほか（しかたが）ない。後面伴隨著否定，表示這是唯一解決問題的辦法。

例 こうなったら一生懸命やるよりない。

事到如今，只能拚命去做了。

【動詞否定形】＋ないわけに（は）いかない。表示根據社會的理念、情理、一般常識或自己過去的經驗，不能不做某事，有做某事的義務。

例 どんなに嫌でも、税金を納めないわけにはいかない。

任憑百般不願，也非得繳納税金不可。

4

わけにはいかない、わけにもいかない 不能…、不可…

【動詞辭書形；動詞ている】＋わけにはいかない、わけにもいかない。表示由於一般常識、社會道德或過去經驗等約束，那樣做是不可能的、不能做的、不單純的。

例 友達を裏切るわけにはいかない。

友情是不能背叛的。

比較

わけがない 不會…、不可能…

【形容動詞詞幹な；[形容詞・動詞]普通形】＋わけがない。表示從道理上而言，強烈地主張不可能或沒有理由成立。

例 こんな簡単なことをできないわけがない。

這麼簡單的事情，不可能辦不到。

問題1　つぎの文の（　　）に入れるのに最もよいものを、1・2・3・4から一つえらびなさい。

1　車で（　　　）お客様は、絶対にお酒を飲んではいけません。

　　1　使う　　　　　　　　　　　2　伺う

　　3　来ない　　　　　　　　　　4　いらっしゃる

2　どうぞ、係の者になんでもお聞き（　　　）ください。

　　1　して　　　　　　　　　　　2　になって

　　3　になさって　　　　　　　　4　されて

3　結婚するためには、親に認めて（　　　　）。

　　1　もらわないわけにはいかない　　2　させなければならない

　　3　わけにはいかない　　　　　　　4　ならないことはない

問題2　つぎの文の＿★＿に入る最もよいものを、1・2・3・4から一つえらびなさい。

4　明日から試験なので、今夜は＿＿＿＿　＿＿＿＿　＿★＿　＿＿＿＿。

　　1　しない　　　　　　　　　　2　いかない

　　3　わけには　　　　　　　　　4　勉強

5　今年＿＿＿＿　＿＿＿＿　＿★＿　＿＿＿＿私の大学の友だちです。

　　1　ことに　　　　　　　　　　2　入社する

　　3　女性は　　　　　　　　　　4　なった

6　とても便利ですので、＿＿＿＿　＿★＿　＿＿＿＿　＿＿＿＿ください。

　　1　なって　　　　　　　　　　2　に

　　3　お試し　　　　　　　　　　4　ぜひ

5 翻譯與解題

問題 1

Answer **4**

車で（　　　）お客様は、絶対にお酒を飲んではいけません。
1 使う　　　　　2 伺う　　　　　3 来ない　　　　4 いらっしゃる

開車（光臨）的顧客，請絕對不要喝酒。
1使用　　　　　2拜訪　　　　　3不來　　　　　4光臨

（　）の後が「お客様」であることに注意する。（　）には尊敬語が入ることがわかる。尊敬語を使っているのは4「いらっしゃる」である。「いらっしゃる」は「来る」「行く」「いる」の尊敬語。
2「伺う」は「行く」「訪問する」の謙譲語。
例：
2　父は午後に伺う予定です。
（「行く」の謙譲語。）
4　もうすぐ社長がこちらにいらっしゃるでしょう。
（「来る」の尊敬語。）

請留意（　）的後面有「お客様／顧客」，由此可知（　）應該填入尊敬語。使用尊敬語的是選項4「いらっしゃる／光臨」。
「いらっしゃる」是「来る／來」、「行く／去」、「いる／在」的尊敬語。
選項2「伺う／去、拜訪」是「行く／去」、「訪問する／拜訪」的謙讓語。
例句：
2　家父將於下午前往拜訪。
（「行く／去」的謙讓語。）
4　總經理即將蒞臨吧？
（「来る／來」的尊敬語。）

Answer **2**

どうぞ、係の者になんでもお聞き（　　　）ください。
1 して　　　　　2 になって　　　　3 になさって　　　　4 されて

有任何問題都歡迎洽詢負責人。
1做　　　　　2請做　　　　　3請您做　　　　　4您做

「お～になる」「ご～になる」は相手の動作を尊敬していることばである。「ください」は「そのようにしてほしい」の丁寧な言

「お～になる／請您做」「ご～になる／請您做」用於尊敬地描述對方的動作。「ください／請」是「希望你這樣做」的禮貌

い方。前のことばは「て形」である。したがって、2「になって」が適切。

例：

2 お好きなものを<u>お食べになってく</u>ださい。

（「<ruby>食<rt>た</rt></ruby>べてください」の<ruby>尊敬表現<rt>そんけいひょうげん</rt></ruby>。）

3 お好みの色を<u>お選びになってくだ</u>さい。

（「<ruby>選<rt>えら</rt></ruby>んでください」の<ruby>尊敬表現<rt>そんけいひょうげん</rt></ruby>。）

說法。「ください」前面必須是「て形」，因此，以選項2「になって」最恰當。

例句：

2 若有合您胃口的食物請盡情享用。

（「食べてください／請吃」的尊敬用法。）

3 敬請選擇您喜歡的顏色。

（「選んでください／請選擇」的尊敬用法。）

3

> <ruby>結婚<rt>けっこん</rt></ruby>するためには、<ruby>親<rt>おや</rt></ruby>に<ruby>認<rt>みと</rt></ruby>めて（　　　　）。
>
> 1 もらわないわけにはいかない　　2 させなければならない
>
> 3 わけにはいかない　　4 ならないことはない
>
> 想結婚就（不得不得到）父母的同意。
> 1 不得不得到　　2 必須使　　3 不能　　4 X

（　）の<ruby>前<rt>まえ</rt></ruby>が「<ruby>認<rt>みと</rt></ruby>めて」と、「<ruby>形<rt>けい</rt></ruby>」になっていることに<ruby>注意<rt>ちゅうい</rt></ruby>しよう。「て形」に<ruby>続<rt>つづ</rt></ruby>くことができるのは、1「もらわないわけにはいかない」である。「～わけにはいかない」という言い<ruby>方<rt>かた</rt></ruby>で、「～することはできない」という<ruby>意味<rt>いみ</rt></ruby>を<ruby>表<rt>あらわ</rt></ruby>す。<ruby>問題文<rt>もんだいぶん</rt></ruby>は「<ruby>親<rt>おや</rt></ruby>に<ruby>認<rt>みと</rt></ruby>めてもらわないと<ruby>結婚<rt>けっこん</rt></ruby>できない」ということ。

例：

1 <ruby>進学<rt>しんがく</rt></ruby>するには、<u><ruby>学費<rt>がくひ</rt></ruby>を<ruby>親<rt>おや</rt></ruby>に<ruby>出<rt>だ</rt></ruby>して</u><u>もらわないわけにはいかない</u>。

（<ruby>学費<rt>がくひ</rt></ruby>を<ruby>親<rt>おや</rt></ruby>に<ruby>出<rt>だ</rt></ruby>してもらわないと、<ruby>進学<rt>しんがく</rt></ruby>できない。）

（　）前面是「認めて／同意」，請留意這是「て形」。可以接在「て形」後面的是選項1「もらわないわけにはいかない／不得不得到」。「～わけにはいかない／不能～」用於表示「不可以做～」的意思。題目的意思是「如果父母不同意的話就不能結婚」。

例句：

1 要升學，<u>就不得不麻煩父母出學費</u>。

（父母不出學費的話，就無法升學。）

3　今日は試験があるから、欠席する
　　わけにはいかない。
　　（欠席することはできない。）

3　因為今天有考試，所以<u>不能缺席</u>。
　（不可以缺席。）

問題2

4　　　　　　　　　　　　　　　　　　　　　　　　　　　　　　Answer ❸

明日から試験なので、今夜は＿＿＿＿　＿＿＿＿　__★__　＿＿＿＿。
1　しない　　　　　　2　いかない　　　　3　わけには　　　　4　勉強

明天就要開始考試了，所以今晚 3 2 <u>總不能</u> 1 <u>不</u> 4 <u>念書</u>。
1不　　　　　　　2不能　　　　　　3總（是）　　　　4念書

正しい語順：明日から試験なので、今夜は　勉強　しない　わけには　いかない。

「〜わけにはいかない」の言い方に注目する。この「〜わけ」の言い方は、動詞の連体形、「ない形」、「ている形」、使役形に接続する。問題文は「勉強する」を「ない形」にした「勉強しない」に続く。「勉強しないことはできない」という意味になる。
このように考えていくと、「4→1→3→2」の順となり、問題の　__★__　には、3の「わけには」が入る。

正確語順：明天就要開始考試了，所以今晚<u>總</u>不能不念書。

請留意「〜わけにはいかない／不能〜」的用法。這裡「〜わけ」的用法是接在動詞的連體形、「ない形」、「ている形」、使役形之後。題目中將「勉強する／念書」，接在「ない形」的「勉強しない／不念書」後面，意思是「勉強しないことはできない／總不能不念書」。

如此一來順序就是「4→1→3→2」，
　__★__　應填入選項3「わけには／總（是）」。

5　　　　　　　　　　　　　　　　　　　　　　　　　　　　　　Answer ❹

今年＿＿＿＿　＿＿＿＿　__★__　＿＿＿＿私の大学の友だちです。
1　ことに　　　　2　入社する　　　3　女性は　　　　4　なった

今年 4 <u>將要</u> 2 <u>進入我們公司的</u> 3 <u>女生</u>是 我大學時期的朋友。
1 X　　　　　　2 進入我們公司　　3 女生　　　　4 將要

正しい語順：今年 入社する ことに なった 女性は 私の大学の友だちです。

「～ことになった（なる）」の言い方に注目する。「こと」は、連体形、または「ない形」に接続するので、「入社することになった」になる。この「入社することになった」は、連体修飾語として、「女性は」に係る。

このように考えていくと、「2→1→4→3」の順となり、問題の＿＿★＿＿には、4の「なった」が入る。

正確語順：今年將要進入我們公司的女生是我大學時期的朋友。

請留意「～ことになった（なる）／被決定」的用法。因為「こと」要接在連體形或「ない形」的後面，所以是「入社することになった／將要進入我們公司的」。以「入社することになった／將要進入我們公司的」作為連體修飾語，修飾「女性は／女生」。

如此一來順序就是「2→1→4→3」，＿＿★＿＿應填入選項4「なった／將要」。

6　　　　　　　　　　　　　　Answer **3**

とても便利ですので、＿＿＿＿ ＿★＿ ＿＿＿ ＿＿＿ください。
1　なって　　　2　に　　　3　お試し　　　4　ぜひ

因為非常方便，3請 4務必 3試用看看。
1 X　　　2 X　　　3 請～試用看看　　　4 務必

正しい語順：とても便利ですので、ぜひ お試し に なって ください。

「お／ご～になる」の尊敬の言い方に注目する。（「お／ご」＋「ます形」の「ます」をとった形＋になる」で尊敬になる。例：
1（お待ちになる／ご出席になる。）問題文は、丁寧な依頼の表現「ください」になっているので、「お試しになってください」になる。これに、強調の「ぜひ」を付ける。

このように考えていくと、「4→3→2→1」の順となり、問題の＿＿★＿＿には、3の「お試し」が入る。

正確語順：因為非常方便，請務必試用看看。

請留意「お・ご～になる／您做」這種敬語用法。（「お／ご」＋「ます形」刪去「ます」＋になる）就是敬語用法了。例如：「お待ちになる（您稍候）／ご出席になる（您出席）。」因為題目最後有禮貌的請求「ください／請」，由此可知是「お試しになってください／請您務必試用看看」，並加上有強調作用的「ぜひ／務必」。

如此一來順序就是「4→3→2→1」，＿＿★＿＿應填入選項3「お試し／請～試用看看」。

日文小祕方─口語常用說法

其他各種口語縮約形

1 ┤口語變化├
促音化

說明 口語中為了說話表情豐富，或有些副詞為了強調某事物，而有促音化「っ」的傾向。如下：

こちら ➡ こっち	そちら ➡ そっち	どちら ➡ どっち
どこか ➡ どっか	すごく ➡ すっごく	ばかり ➡ ばっかり
やはり ➡ やっぱり	くて ➡ くって（よくて→よくって）	やろうか ➡ やろっか

▶ こっちにする、あっちにする？
　　要這邊呢？還是那邊呢？

▶ じゃ、どっかで会おっか。
　　那麼，我們找個地方碰面吧？

▶ あの子、すっごくかわいいんだから。
　　那個小孩子實在是太可愛了。

2 ┤口語變化├
撥音化

說明 加入撥音「ん」有強調語氣作用，也是口語的表現方法。如下：

あまり ➡ あんまり	おなじ ➡ おんなじ

▶ 家からあんまり遠くないほうがいい。
　　最好離家不要太遠。

▶ 大きさがおんなじぐらいだから、間違えちゃいますね。
　　因為大小尺寸都差不多，所以會弄錯呀！

11 条件・仮定

1 文法闖關大挑戰

文法知多少？請完成以下題目，從選項中，
選出正確答案，並完成句子。
《答案詳見右下角。》😊

1 手続き（　　　）、誰でも入学
できます。
1. さえすれば　2. こそ

1. さえ…ば：只要…（就）…
2. こそ：正是…

2 （　　　）、私は平気だ。
1. たとえ何を言われても
2. 何を言われたら

1. たとえ…ても：即使…也…
2. たら：要是…

3 席が（　　　）、座ってくださ
い。
1. 空いたら　2. 空くと

1. たら：要是…
2. と：一…就…

4 準備体操を（　　　）、プール
には入れません。
1. してからでないと
2. したからには

1. てからでないと：不…就不能…
2. からには：既然…

5 資格を（　　　）、看護士の
免許がいい。
1. 取ったら　2. 取るとしたら

1. たら：要是…
2. ととしたら：如果…

6 眼鏡をかけれ（　　　）、見え
ます。
1. と　2. ば

1. と：一…就
2. ば：假如…

7 雨だ、傘を持って（　　　）。
1. くればよかった
2. くるつもりだ

1. ば…よかった：如果…的話就好了
2. つもりだ：打算…

答案：(1) 1　(2) 1　(3) 1　(4) 1
(5) 2　(6) 2　(7) 1

条件	仮定
□さえ～ば、さえ～たら 比較 こそ	□たら 比較 と
□たとえ～ても 比較 たら	□とすれば、としたら、とする 比較 たら
□てからでないと、てからでなければ 比較	□ばよかった 比較 つもりだ
からには、からは	
□ば（條件）　比較 と（條件）	

▌心智圖

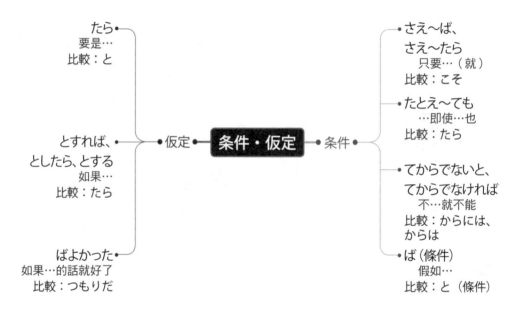

1

| さえ～ば、さえ～たら
只要…（就）… | 比較 | こそ
正是…、才（是）；正（因為）… |

【名詞】＋さえ＋【形容詞・形容動詞・動詞】假定形】＋ば、たら。表示只要某事能夠實現就足夠了。其他的都是小問題。強調只需要某個最低，或唯一的條件，後項就可以成立了。

例 やる気さえあれば、年齢や経験など一切は問いません。

只要會打電腦，年齡或經驗都沒有要求。

【名詞】＋こそ。表示特別強調某事物。或表示強調充分的理由。

例 私の方こそ、お世話になりました。

我才是受您照顧了呢。

2

| たとえ～ても 即使…也…、無論…也… | 比較 | たら 要是…；…了的話 |

たとえ＋【動詞て形；形容詞く形】＋ても；たとえ＋【名詞；形容動詞詞幹】＋でも。表示讓步關係，即使是在前項極端的條件下，後項結果仍然成立。

例 たとえ費用が高くてもかまいません。

即使費用高也沒關係。

【動詞た形】＋たら。表示條件或契機。表示假定條件。當實現前面的情況時，後面的情況就會實現。但前項會不會成立實際上還不知道。或表示確定條件。也就是知道前項一定會成立，以其為契機，做後項。

例 雨が降ったら、行きません。

要是下雨的話就不去。

3

| てからでないと、てからでなければ
不…就不能…、不等…之後，不… | 比較 | からには、からは
既然…、既然…，就… |

【動詞て形】＋からでないと、からでなければら。表示如果不先做前項，就不能做後項。

例 ファイルを保存してからでないと、パソコンの電源を切ってはだめです。

不先儲存資料，是不能關掉電腦電源。

【動詞普通形】＋からには、からは。表示既然到了這種情況，後面就要「貫徹到底」的説法。因此，後句中表示説話人的判斷、決心、命令、勸誘及意志等。

例 引き受けたからには、必ずやり遂げて見せます。

既然已經接下任務了，我就一定會完成給你看。

4

ば (條件) 假如…；如果…的話；如果…就	比較	と (條件) 一…就

【[形容詞・動詞]假定形；[名詞・形容動詞]假定形】＋ば。表示條件。對特定的人或物，表示對未實現的事物，只要前項成立，後項也當然會成立。前項是焦點，敘述需要的是什麼，後項大多是被期待的事。

例 安ければ、買います。

　　便宜的話我就買。

【[名詞・形容詞・形容動詞・動詞]普通形（只能用在現在形及否定形）】＋と。陳述人和事物的一般條件關係。常用在機械的使用方法、説明路線、自然現象及一直有的習慣。

例 このボタンを押すと、切符が出てきます。

　　一按這個按鈕，票就出來了。

5

たら 要是…；如果要是…了、…了的話	比較	と 一…就

【動詞た形】＋たら。表示條件或契機。表示假定條件。當實現前面的情況時，後面的情況就會實現。但前項會不會成立實際上還不知道。或表示確定條件。也就是知道前項一定會成立，以其為契機，做後項。

例 値段が安かったら、買います。

　　要是便宜的話就買。

【[名詞・形容詞・形容動詞・動詞]普通形（只能用在現在形及否定形）】＋と。陳述人和事物的一般條件關係。常用在機械的使用方法、説明路線、自然的現象及一直有的習慣。

例 このボタンを押すと、切符が出てきます。

　　一按這個按鈕，票就出來了。

6

とすれば、としたら、とする 如果…、如果…的話、假如…的話	比較	たら 要是…；如果要是…了、…了的話

【名詞だ；形容動詞詞幹だ；[形容詞・動詞]普通形】＋とすれば、としたら、とする。表示順接的假定條件。在認清現況或得來的信息的前提條件下，據此條件進行判斷。後項是説話人判斷的表達方式。

例 この中から選ぶとしたら、赤いのがいいです。

　　假如要從這當中挑選一個的話，我選紅色的。

【動詞た形】＋たら。表示條件或契機。表示假定條件。當實現前面的情況時，後面的情況就會實現。但前項會不會成立實際上還不知道。或表示確定條件。也就是知道前項一定會成立，以其為契機，做後項。

例 値段が安かったら、買います。

　　要是便宜的話就買。

7

| ばよかった 如果…的話就好了 | 比較 | つもりだ 打算…、準備… |

【動詞假定形】＋ばよかった。表示自己沒有做前項的事而感到後悔。說話人覺得要是做了就好了，帶有後悔的心情。

例 もう売り切れだ！もっと早く買っておけばよかった。

已經賣完了！早知道就快點來買。

【動詞辭書形】＋つもりだ。表示意志、意圖。既可以表示說話人的意志、預定、計畫等。也可以表示第三人稱的意志。

例 後で説明するつもりです。

打算稍後再說明。

日文小祕方─口語常用說法

其他各種口語縮約形

┌─ 口語變化 ─┐
❶ 拗音化

説明 「れは」變成「りゃ」、「れば」變成「りゃ」是口語的表現方式。這種説法讓人有「粗魯」的感覺，大都為中年以上的男性使用。常可以在日本人吵架的時候聽到喔！如下：

これは ➡ こりゃ　　それは ➡ そりゃ　　れば ➡ りゃ（食べれば ➡ 食べりゃ）

▶ こりゃ難しいや。
　這下可麻煩了。

▶ そりゃ大変だ。急がないと。
　那可糟糕了，得快點才行。

▶ そんなにやりたきゃ、勝手にすりゃいい。
　如果你真的那麼想做的話，那就悉聽尊便吧！

┌─ 口語變化 ─┐
❷ 省略開頭

説明 説得越簡單、字越少就是口語的特色。省略字的開頭也很常見。如下：

それで ➡ で　　　　いやだ ➡ やだ　　　ところで ➡ で

▶ 丸いのはやだ。
　我不要圓的！

▶ ったく、人をからかって。
　真是的，竟敢嘲弄我！

▶ そうすか、じゃ、お言葉に甘えて。
　是哦，那麼，就恭敬不如從命了。

問題1　つぎの文の（　　）に入れるのに最もよいものを、1・2・3・4から一つえらびなさい。

1 A「どこかいい歯医者さん知らない？」

　B「あら、歯が痛いの。駅前の田中歯科に（　　）。」

　1　行くことでしょう　　　　　　　2　行ってみせて

　3　行ってもどうかな　　　　　　　4　行ってみたらどう

2 あら、風邪？熱が（　　）、病院に行ったほうがいいわよ。

　1　高いと　　　　　　　　　　　　2　高いようなら

　3　高いらしいと　　　　　　　　　4　高いからって

3 たとえ明日雨が（　　）遠足は行われます。

　1　降っても　　　　　　　　　　　2　降ったら

　3　降るので　　　　　　　　　　　4　降ったが

4 水（　　）あれば、人は何日か生きられるそうです。

　1　ばかり　　　　　　　　　　　　2　は

　3　から　　　　　　　　　　　　　4　さえ

5 A「この会には誰でも入れるのですか。」

　B「ええ、手続きさえ（　　）、どなたでも入れますよ。」

　1　して　　　　　　　　　　　　　2　しないと

　3　しないので　　　　　　　　　　4　すれば

6 先生になった（　　）、生徒に信頼される先生になりたい。

　1　には　　　　　　　　　　　　　2　けれど

　3　からには　　　　　　　　　　　4　とたん

問題1

1   Answer **④**

A「どこかいい歯医者さん知らない？」
B「あら、歯が痛いの。駅前の田中歯科に（   ）。」

1 行くことでしょう   2 行ってみせて

3 行ってもどうかな   4 行ってみたらどう

A：「你知道哪裡有不錯的牙醫嗎？」
B：「唉呀，牙痛嗎？（去）車站前的田中牙科（看看如何呢）？」

1 不是要去嗎   2 去給看   3 就算去了恐怕也   4 去～看看如何呢

「V（動詞）＋たらどう？」の言い方を覚えよう。まず、「行く」に「ためしに～する」の意味の「みる」を付けて、「行ってみる」にする。そして、「たら」に続けて、「行ってみたら」にする。また、文の終わりに「どう」を付ける。「どう」は「どうですか」を略したもので、相手にすすめる気持ちを表したことばである。4「行ってみたらどう」にすると、すすめる言い方になる。

例：

4 京都のお寺に<u>行ってみたらどう</u><u>（ですか）</u>？

請記住「V（動詞）＋たらどう？／要不要～呢」的用法。首先「行く／去」接上有「ためしに～する／嘗試」意思的「みる／試看看」，變成「行ってみる／去看看」。然後，接在「たら／的話」後面變成「行ってみたら／去看看的話」。另外在句子的最後接上「どう／如何」。「どう」是「どうですか／如何呢」的簡略說法，含有推薦對方的意思。選項4「行ってみたらどう／去看看的話如何呢」也就是推薦對方前往的語氣。

例句：

4 <u>去看看</u>京都的寺院<u>如何</u>？

2   Answer **②**

あら、風邪？熱が（   ）、病院に行ったほうがいいわよ。

1 高いと   2 高いようなら   3 高いらしいと   4 高いからって

唉呀，感冒了嗎？（如果）發燒的溫度（很高），還是去醫院比較好哦。

1 很高時   2 如果很高   3 似乎很高   4 雖說很高

「なら」を付けた条件文にするとよい。「なら」を付けると「もしそうであれば」という気持ちを表すことができる。2「高いようなら」の「よう」は様態の「よう」である。

1「高いと」は「高い時は」の意味だが、「と」を使うと、「行ったほうがいいですよ」のような、話し手の意志を表す文や、依頼、命令、願望、禁止などを表す文はこないことに注意する。

例：
2　遠いようなら電車で行きましょう。

只要接上「なら／如果」變成條件句。接上「なら」可表達「もしそうであれば／假如是那樣的話」的意思。選項2「高いようなら／如果很高」的「よう／那樣」是表示樣態的用法。

選項1「高いと／很高時」是「高い時は／很高的時候」的意思，但若使用「と」，請注意和「行ったほうがいいですよ／去比較好喔」一樣，不能用在表達說話者的意志、請託、命令、願望、禁止等意思的句子中。

例句：
2　如果很遠就搭電車去吧。

3　　　　　　　　　　　　　　　　　Answer ❶

たとえ明日雨が（　　　）遠足は行われます。
1　降っても　　　2　降ったら　　　3　降るので　　　4　降ったが

（即使）明天（下）雨，（還是）要去遠足
1即使下…還是　2如果下　　3因為下　　4雖下了

文の初めの「たとえ」に注目する。「たとえ〜ても」の形になる。「〜ても」は逆接に使われる文型で、「たとえ〜であろうと」という意味である。「たとえ、雨が降ろうとも、遠足は行われる」ということなので、1「雨が降っても」が正しい。

請注意句首的「たとえ／即使」。本題考的是「たとえ〜ても／即使…還是」這一用法。「〜ても／即使…也」是用於逆接的句型，意思就是「たとえ〜であろうと／即使〜是這樣」。整句話的意思是「たとえ、雨が降ろうとも、遠足は行われる／即使下雨，還是要去遠足」，因此正確答案是選項1「降っても／即使下還是」。

2「降ったら」3「降るので」では、「遠足は行われます」に続かない。4「降ったが」は、明日のことを過去の形で言っているので不正解。

「ても」と「たら」の使い方に注意する。

例：

1 雨が降っても、試合は行われる。

2 雨が降ったら、試合は中止だ。

選項2「降ったら／如果下」和選項3「降るので／因為下」，後面都沒辦法接「遠足は行われます／要去遠足」，所以不正確。選項4「降ったが／雖下了」則因為本題敘述的是明天的事情，不用過去式，所以不正確。

請多留意「ても／即使…也」和「たら／如果」的用法。

例句：

1 即使下雨，比賽還是照常進行。

2 如果下雨，比賽就會中止。

4

Answer ❹

水（　　　）あれば、人は何日か生きられるそうです。

1 ばかり　　　　2 は　　　　　3 から　　　　4 さえ

聽說人（只要）有水，就可以存活好幾天。

1 全是　　　　2 ×　　　　3 因為　　　　　4 只要

（　）の後の「あれば」に注目する。「〜さえ〜ば」の形で「それ一つあれば他のものは求めない」という意味を表すことばになる。「〜だけ」に言い換えることができる。したがって、4「さえ」が正しい。

1「ばかり」、2「は」、3「から」は後に「〜ば」の形にならない。

例：

4 パソコンさえあれば、1人でもたいくつしない。

請注意（　）後面的「あれば／有」。以「〜さえ〜ば／只要…就」的句型表示「それ一つあれば他のものは求めない／只要這一樣，不求其他的」的意思。可以用「〜だけ／只要」替換。因此選項4「さえ／只要」是正確答案。

選項1「ばかり／全是」、選項2「は」、選項3「から／因為」後面都無法接「〜ば」的句型。

例句：

4 只要有電腦，即使單獨一人也不覺得無聊。

5

A「この会には誰でも入れるのですか。」
B「ええ、手続きさえ（　　　　）、どなたでも入れますよ。」

1　して　　　　　　　2　しないと　　　　　3　しないので　　　　4　すれば

A：「請問不管是誰都可以入會嗎？」
B：「是的，（只要）辦理手續，任何人都可以入會。」
1 做　　　　　　　　2 不做的話　　　　　3 因為不做　　　　　4 只要做～的話

仮定を表す「〜ば」の問題。「する」の仮定形は4「すれば」である。仮定形の作り方に注意しよう。
2「しないと」は、「さえ」に付かない。
例：
4　薬さえ飲めば、熱は下がるでしょう。（「飲む」の仮定形。）

這題要考的是表示假定的「〜ば／如果〜的話」的用法。「する／做」的假定形是選項4的「すれば／只要做〜的話」。請注意假定形的活用變化。
選項2「しないと／不做的話」後面不會接「さえ／只要…就行」。
例句：
4　只要吃藥，就會退燒了吧！（「飲む／喝」的假定形。）

6

先生になった（　　　　）、生徒に信頼される先生になりたい。

1　には　　　　　　　2　けれど　　　　　3　からには　　　　4　とたん

（既然）當了老師，就希望成為值得學生信賴的老師。
1 對於　　　　　　　　2 雖然　　　　　　3 既然　　　　　　4 剛～就

問題文は、「先生になったのだから」ということ。「から」は理由、「には」は強調を表す。
1「には」は名詞に付くので不正解。
2「けれど」は逆接（前のことがらから、予想されることと違うことが起きたことを表す）の接続語で、「けれ

題目的意思是「先生になったのだから／因為當了老師」。「から／因為」表示理由，「には／對於」表示強調。
選項1「には」應該接名詞，所以不正確。
選項2「けれど／雖然」是逆接（表示按前項事情推測，應得到某結果，然而卻發生了不同於預測的事情）的連接詞，若填入「け

ど」を入れると変な意味の文になる。

4「とたん」は「何かをしたちょうどその時」。

例：

1 <u>彼の意見には</u>、賛成できない。

（「彼の意見」を強調。）

2 <u>何度も読んだけれど</u>、意味がわからない。

（何度も読んだが。）

3 <u>約束したからには</u>、絶対に来てね。

（約束したのだから。「約束した」ことを強調。）

4 <u>家に帰ったとたん</u>、電話がなった。

（家に帰ったちょうどその時。）

れど／雖然」則語意不通順。選項4「とたん／剛～就」的意思是「恰好在做某事的時候」。

例句：

1 <u>對於他的意見</u>，我無法贊同。

（強調「他的意見」）

2 <u>雖然讀過好幾遍了</u>，但還是不懂。

（雖然讀了很多遍。）

3 <u>既然約好了</u>，<u>就</u>一定要來哦！

（因為已經約好了。強調「約好了」。）

4 <u>一回到家的時候</u>，電話<u>就</u>響了。

（就在踏進家門的時候）

1 文法闖關大挑戰

文法知多少？請完成以下題目，從選項中，選出正確答案，並完成句子。
《答案詳見右下角。》

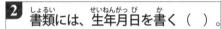

1 仕事が忙しいときも、休日は家でゆったりと過ごす（　　　）。
1. ことにしている　2. ことになる

1. ことにしている：向來…
2. ことになる：決定…

2 書類には、生年月日を書く（　）。
1. ことにしていた
2. ことになっていた

1. ことにしている：向來…
2. ことになっている：按規定…

3 彼も来日十年、今では寿司も食べられる（　　　）。
1. ようになった　2. ようにした

1. ようになる：已經變得…
2. ようにする：設法…

4 コンセントがないから、ＣＤを聞き（　　　）。
1. ようがない　2. よりしかたがない

1. ようがない：無法…
2. よりしかたがない：只有…

5 知人を訪ねて京都に行った（　　　）、観光をしました。
1. ついでに　2. に加えて

1. ついでに：順便…
2. に加えて：加上…

6 申し込みは５時で締め切られる（　　　）。
1. っけ　2. とか

1. っけ：是不是…來著
2. とか：聽説…

7 行動科学専攻では、社会科学（　）、自然科学も学ぶことができる。
1. とともに　2. に伴って

1. とともに：…的同時也…
2. に伴って：隨著…

8 賞金（　　　）、ハワイ旅行もプレゼントされた。
1. に加えて　2. に比べて

1. に加えて：加上…
2. に比べて：與…相比…

答案：(1) 1　(2) 2　(3) 1　(4) 1
(5) 1　(6) 2　(7) 1　(8) 1

規定 ・ 慣例 ・ 習慣
□ ことにしている 比較 ことになる
□ ことになっている、こととなっている
　比較 ことにしている
□ ようになる、ようになっている 比較
　ようにする

方法
□ ようがない、ようもない 比較 とり（ほか）
　ない、よりしかたがない

▌心智圖

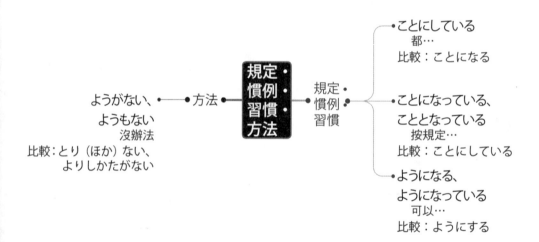

ようがない、
ようもない
　　　沒辦法
比較：とり（ほか）ない、
　　　よりしかたがない

方法

規定・
慣例・
習慣・
方法

規定・
慣例・
習慣

ことにしている
　　　都…
　　比較：ことになる

ことになっている、
こととなっている
　　　按規定…
　　比較：ことにしている

ようになる、
ようになっている
　　　可以…
　　比較：ようにする

1

ことにしている 都…、向來…

比較

ことになる 決定…

【動詞普通形】＋ことにしている。表示個人根據某種決心，而形成的某種習慣、方針或規矩。翻譯上可以比較靈活。

例 毎晩 12 時に寝ることにしている。

我每天都會到晚上十二點才睡覺。

【動詞辭書形；動詞否定形】＋ことになる。表示決定。由於「なる」是自動詞，所以知道決定的不是說話人自己，而是說話人以外的人、團體或組織等，客觀地做出了某些安排或決定。

例 駅にエスカレーターをつけることになりました。

車站決定設置自動手扶梯。

2

ことになっている、こととなっている 按規定…、預定…、將…

比較

ことにしている 都…、向來…

【動詞辭書形；動詞否定形】＋ことになっている、こととなっている。表示客觀做出某種安排。表示約定或約束人們生活行為的各種規定、法律以及一些慣例。

例 夏休みのあいだ、家事は子供たちがすることになっている。

暑假期間，說好家事是小孩們要做的。

【動詞普通形】＋ことにしている。表示個人根據某種決心，而形成的某種習慣、方針或規矩。

例 自分は毎日 12 時間、働くことにしている。

我每天都會工作十二個小時。

3

ようになる、ようになっている 可以…、會…、變得…

比較

ようにする 爭取做到…、設法使…；使其…

【動詞辭書形；動詞可能形】＋ようになる、ようになっている。表示是能力、狀態、行為的變化。大都含有花費時間，使成為習慣或能力。

例 この大学の寮は全室インターネットを使えるようになっている。

這所大學的宿舍，每一間寢室都可以使用網路了。

【動詞辭書形；動詞否定形】 ＋ようにする。表示說話人自己將前項的行為，或狀況當作目標，而努力。

例 朝早くおきるようにしています。

我早上習慣早起。

4

ようがない、ようもない
沒辦法、無法…

【動詞ます形】＋ようがない、ようもない。表示不管用什麼方法都不可能，已經沒有其他方法了。

例 道に人が溢れているので、通り抜けようがない。

路上到處都是人，沒辦法通行。

比較

より（ほか）ない、よりしかたがない　只有…、除了…之外沒有…

【名詞；動詞辭書形】＋より（ほか）ない；【動詞辭書形】＋ほかしかたがない。後面伴隨著否定，表示這是唯一解決問題的辦法。

例 こうなったら一生懸命やるよりない。

事到如今，只能拚命去做了。

問題1　つぎの文の（　　）に入れるのに最もよいものを、1・2・3・4から一つえらびなさい。

1 こんなに部屋がきたないんじゃ、友だちを（　　　）そうもない。

1　呼び　　　　　　　　　　　　2　呼べ

3　呼べる　　　　　　　　　　　4　呼ぶ

2 A「夏休みはどうするの？」

B「僕は田舎のおじさんの家に行く（　　　）。」

1　らしいよ　　　　　　　　　　2　ことになっているんだ

3　ようだよ　　　　　　　　　　4　ことはないよ

3 骨折して入院していましたが、やっと自分で（　　　）ようになりました。

1　歩ける　　　　　　　　　　　2　歩かる

3　歩けて　　　　　　　　　　　4　歩かられる

4 私が小学生の時から、母は留守（るす）（　　　）だったので、私は自分で料理をしていた。

1　がち　　　　　　　　　　　　2　がちの

3　がら　　　　　　　　　　　　4　頃

問題2　つぎの文の＿★＿に入る最もよいものを、1・2・3・4から一つえらびなさい。

5 なんと言われても、＿＿＿＿　＿★＿　＿＿＿＿　＿＿＿＿いる。

1　しない　　　　　　　　　　　2　ことに

3　して　　　　　　　　　　　　4　気に

6 毎日＿＿＿＿　＿＿＿＿　＿★＿　＿＿＿＿ピアノも上手に弾けるようになります。

1　ように　　　　　　　　　　　2　と

3　練習する　　　　　　　　　　4　する

問題1

1   Answer ❷

こんなに部屋がきたないんじゃ、友だちを（ 　　 ）そうもない。

1 呼び　　　　　　2 呼べ　　　　　　3 呼べる　　　　　　4 呼ぶ

房間這麼髒亂，看來是沒辦法（邀請）朋友來玩了。

1邀請　　　　　　2邀請　　　　　　3邀請　　　　　　4邀請

（ ）には「呼ぶことができる」という意味の可能動詞が入る。「呼ぶ」の可能動詞は「呼べる」だが、（ ）の後が「そう」であることに注意する。「そのように思われる」という意味の「そう（だ）」に続く場合は連用形になる。「呼べる」の連用形は2「呼べ」である。

3「呼べる」は終止形、または、連体形なので不正解。

例：

2 日本の小説は読めそうもない。
　　（可能動詞「読める」の連用形）

（ ）中要填入帶有「呼ぶことができる／可以邀請」意思的可能動詞。「呼ぶ／邀請」的可能動詞是「呼べる／可以邀請」，但是要注意（ ）後面有「そう／看來是」。這時候，必須以連用形放在具有「そのように思われる／被這樣想」意思的「そう（だ）」前面，而「呼べる／邀請」的連用形是選項2「呼べ／邀請」。

選項3「呼べる」是終止形也是連體形，所以不正確。

例句：

2 日本的小說恐怕讀不懂。

（可能動詞「読める／可以讀」的連用形）

2   Answer ❷

A「夏休みはどうするの？」
B「僕は田舎のおじさんの家に行く（ 　　 ）。」

1 らしいよ　　　　　　　　　　2 ことになっているんだ

3 ようだよ　　　　　　　　　　4 ことはないよ

A：「暑假打算怎麼過？」
B：「我（要）去鄉下的叔叔家。」

1似乎　　　　　2要　　　　　3好像　　　　　4不必

予定などが決まっている場合、「～ことになっている」を使う。「ことになっている」の前は辞書形、または「ない形」になる。「行くことになっている」は「行くことに決まっている」ということ。

例：

1 太郎は来週北海道へ行くらしいよ。
（はっきりとは言えないが、たぶん行くだろう。「らしい」は推量を表す。）

2 明日、振り込みをすることになっているんだ。
（振り込みをすることが決まっている。）

3 食事のしたくができたようだよ。
（はっきりしないが、したくができた。「ようだ」は様態。）

4 あなたが出席することはないよ。
（出席しなくてよい。）

當已經預先決定的時候，可用「～ことになっている／（決定）要」的句型。「ことになっている」的前面要用辭書形或「ない形」。「行くことになっている／要去」也就是「行くことに決まっている／決定要去」的意思。

例句：

1 太郎似乎下週要去北海道喔。
（沒辦法確定要去，但大概會去吧。「らしい／似乎」表示推測。）

2 明天將會轉帳。
（確定會轉帳。）

3 餐點好像已經準備就緒了喔。
（雖然沒有把握，應該準備好了。「ようだ／好像」表示樣態。）

4 你用不著出席喔。
（不必出席。）

3

Answer ❶

骨折して入院していましたが、やっと自分で（　　　）ようになりました。
1 歩ける　　　2 歩かる　　　3 歩けて　　　4 歩かられる

雖因骨折而住院一陣子，終於（可以）靠自己的力量（走路）了。
1 可以走路　　　2 X　　　3 X　　　4 X

「～ようになる」は「～の状態になる」ということ。「ようになる」の前の動詞は辞書形になる。したがって、1「歩ける」が正しい。「歩ける」は可能動詞で、「歩くことができる」ということ。

「～ようになる／變得～」的意思是「變成～的狀態」。「ようになる／變得」前面的動詞必須是辭書形。因此，正確答案是選項1「歩ける／可以走」。「歩ける」是可能動詞，意思是「可以走路」。

例：

1　ようやく、漢字を<u>書ける</u>ようになっ
　　た。
　　（書ける状態になった。）

1　日本の歌を<u>歌える</u>ようになった。
　　（歌える状態になった。）

例句：

1　終於會寫漢字了！
　　（變成了會寫的狀態。）

1　學會唱日本歌了！
　　（變成了會唱的狀態。）

4　　　　　　　　　　　　　　　　　　　　Answer ❶

> 私が小学生の時から、母は留守（　　　　）だったので、私は自分で料理をしていた。
> 1　がち　　　　2　がちの　　　　3　がら　　　　4　頃
>
> 我小學的時候，由於媽媽（經常）不在家，所以都是自己做飯。
> 1經常　　　　2經常的　　　　3身為　　　　4時期

問題文は、「母は留守にすることが多い」ということ。1「がち」は「そうなることが多い。よくそうなる」という意味。

2「がちの」は「だった」に続かないので不正解。「の」を付ける場合は後に名詞が続く。

例：

1　最近、荷物の配達が<u>遅れがち</u>だ。
　　（遅れることが多い。）

2　<u>雨がちの天気</u>で、洗濯物が乾かない。
　　（雨が多い天気。）

3　教師の<u>職業がら</u>、子どもが好きだ。
　　（教師という立場上。「がら」はその人の性質・態度・立場などを表す。）

4　小学生の<u>頃</u>、東京に住んでいた。
　　（小学生の時。「頃」はだいたいの時を表す。）

題目的意思是「媽媽常常不在家」。選項1「がち／經常」的意思是「經常發生那種事、經常那樣」。

選項2「がちの／經常的」後面不會接「だった」，所以不正確。「がちの」後面要接名詞。

例句：

1　最近，包裹的<u>配送時常延誤</u>。
　　（經常延遲。）

2　<u>常下雨的天氣</u>，衣服不容易乾。
　　（多雨的天氣）

3　<u>身為老師之職</u>，我喜歡孩子。
　　（站在老師的立場。「がら／身為」表示一個人的性質、態度、立場。）

4　<u>小學時期</u>，我曾住過東京。
　　（小學的時候。「頃／時期」表示大約那個時候。）

問題2

5

Answer **①**

なんと言われても、＿＿＿＿ ＿★＿ ＿＿＿＿ ＿＿＿＿いる。

1 しない	2 ことに	3 して	4 気に

不管別人說什麼，我都 1不 4在意。

1不	2Ｘ	3在	4意

正しい語順：なんと言われても、気にしない ことに して いる。

問題文の最後が「いる」なので、その前は「て形」の「して」が入ることがわかる。また、「～ことにする」は、動詞の連体形、「ない形」に接続するので、ここでは「気にする」を「ない形」にした、「気にしない」が入る。このように考えていくと、「4→1→2→1」の順となり、問題の＿★＿には、1の「しない」が入る。

正確語順：不管別人說什麼，我都不在意。

因為題目最後有「いる」，由此可知前一格要填入「て形」的「して／在」。另外，因為「～ことにする／決定」要接在動詞的連體形、「ない形」的後面，這裡要將「気にする／在意」改成「ない形」，填入「気にしない／不在意」。

如此一來順序就是「4→1→2→3」，＿★＿應填入選項1「しない／不」。

6

Answer **④**

毎日＿＿＿＿ ＿＿＿＿ ＿★＿ ＿＿＿＿ピアノも上手に弾けるようになります。

1 ように	2 と	3 練習する	4 する

2如果 1努力 4做到 每天 3練習，就能把鋼琴彈得很好。

1努力	2如果	3練習	4做到

正しい語順：毎日 練習する ようにする と ピアノも上手に弾けるようになります。

「～ようにする」の言い方に注目する。この言い方は、習慣や努力を表し、動詞などの連体形に接続する。し

正確語順：如果努力做到每天練習，就能把鋼琴彈得很好。

請留意「～ようにする／努力做到～」的句型，接在動詞之類的連體形之後，用於表達習慣或努力。連接之後變成「練習するようにする／如果努力做到練習」。另

149

たがって、「練習するようにする」と
なる。また、条件を示す「と」は、前
が普通形になるので、「すると」にな
る。

このように考えていくと、「3→1→
4→2」の順となり、問題の___★___に
は、4の「する」が入る。

外，表示條件的「と／如果」前面是普通
形，也就是「すると／如果做到」。

如此一來順序就是「3→1→4→2」，
___★___應填入選項4「する」。

1 文法闖關大挑戰

文法知多少？請完成以下題目，從選項中，
選出正確答案，並完成句子。
《答案詳見右下角。》

1 彼は、失恋した（　　）、会社
も首になってしまいました。
　　1.ついでに　　2.ばかりか

1.ついでに：順便…
2.ばかりか：豈止…

2 私はイタリア人ですが、すきやき、て
んぷら（　　）、納豆も大好きです。
　　1.はもちろん　　2.に加えて

1.はもちろん：不僅…而且…
2.に加えて：而且…

3 日本の近代には、夏目漱石（　）、
いろいろな作家がいます。
　　1.をはじめ　　2.を中心に

1.をはじめ：以…為首
2.を中心に：以…為中心

4 安室奈美恵（　　　　）小顔にな
りたいです。
　　1.のような　　2.らしい

1.ような：像…
2.らしい：有…的樣子

答案：（1）2（2）1（3）1（4）1

並立
- □ とか 比較 つけ
- □ とともに 比較 にともなって

添加
- □ ついで（に） 比較 にくわえて、にくわえ
- □ にくわえて、にくわえ 比較 にくらべて、にくらべ
- □ ばかりか、ばかりでなく 比較 ついで（に）
- □ はもちろん、はもとより 比較 にくわえて、にくわえ

列挙
- □ をはじめ、をはじめとする 比較 をちゅうしんに
- □ ような 比較 らしい

心智圖

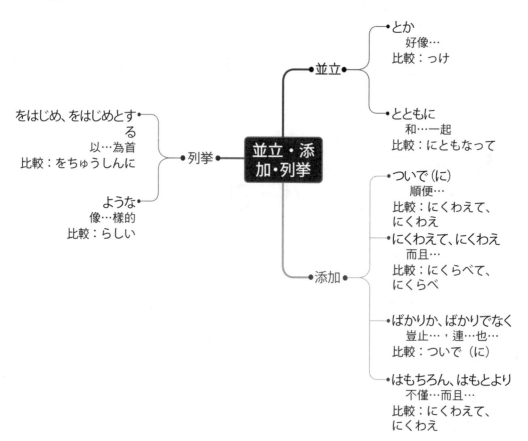

1

| **とか** 好像…、聽說… | 比較 | **っけ** 是不是…來著、是不是…呢 |

【名詞；形容動詞詞幹；[名詞・形容詞・形容動詞・動詞]普通形】＋とか。是「…とかいっていた」、「…とかいうことだ」的省略形式，用在句尾，表示不確切的傳聞。

例 当時はまだ新幹線がなかったとか。

聽說當時還沒有新幹線。

【名詞だ（った）；形容動詞詞幹だ（った）；[動詞・形容詞]た形】＋っけ。用在想確認自己記不清，或已經忘掉的事物時。

例 君は今どこに勤めているんだっけ。

您現在是在哪裡高就來著？

2

| **とともに** 和…一起、與…同時，也… | 比較 | **にともなって** 伴隨著…、隨著… |

【名詞；動詞辭書形】＋とともに。表示後項的動作或變化，跟著前項同時進行或發生。

例 仕事すると、お金とともに、たくさんの知識や経験が得られる。

工作得到報酬的同時，也得到很多知識和經驗。

【名詞；動詞普通形】＋にともなって。表示隨著前項事物的變化而進展。

例 この物質は、温度の変化に伴って色が変わります。

這物質的顏色，會隨著溫度的變化而改變。

3

| **ついで（に）** 順便…、順手…、就便… | 比較 | **にくわえて、にくわえ** 而且…、加上…、添加… |

【名詞の；動詞普通形】＋ついで（に）。表示做某一主要的事情的同時，再追加順便做其他件事情。

例 ごみを出しに行くついでに新聞を取ってきた。

去倒垃圾時順便拿報紙回來。

【名詞】＋くわえて、にくわえ。表示在現有前項的事物上，再加上後項類似的別的事物。

例 能力に加えて、人柄も重視されます。

重視能力以外，也重視人品。

4

にくわえて、にくわえ
而且…、加上…、添加…

【名詞】＋くわえて、にくわえ。表示在現有前項的事物上，再加上後項類似的別的事物。

例 書道に加えて、華道も習っている。

學習書法以外，也學習插花。

比較

にくらべて、にくらべ
與…相比、跟…比較起來、比較…

【名詞】＋にくらべて、にくらべ。表示比較、對照。

例 平野に比べて、盆地は夏暑いです。

跟平原比起來，盆地的夏天熱多了。

5

ばかりか、ばかりでなく
豈止…，連…也…、不僅…而且…

【名詞；形容動詞詞幹な；[形容詞・動詞]普通形】＋ばかりか、ばかりでなく。除前項的情況外，還有後項程度更甚的情況。後項程度超過前項。

例 彼は、勉強ばかりでなく、スポーツも得意だ。

他不光只會唸書，就連運動也很行。

比較

ついで（に）
順便…、順手…、就便…

【名詞の；動詞普通形】＋ついで（に）。表示做某一主要的事情的同時，再追加順便做其他件事情。

例 知人を訪ねて京都に行ったついでに、観光をしました。

到京都拜訪朋友，順便觀光了一下。

6

はもちろん、はもとより 不僅…而且…、…不用說、…自不待說、…也…

【名詞】＋はもちろん、はもとより。表示一般程度的前項自然不用說，就連程度較高的後項也不例外。

例 居間はもちろん、トイレも台所も全部掃除しました。

不用說是客廳，就連廁所跟廚房也都清掃乾淨了。

比較

にくわえて、にくわえ
而且…、加上…、添加…

【名詞】＋くわえて、にくわえ。表示在現有前項的事物上，再加上後項類似的別的事物。

例 書道に加えて、華道も習っている。

學習書法以外，也學習插花。

7

をはじめ、をはじめとする 以…為首	比較	**をちゅうしんに** 以…為重點、以…為中心、圍繞著…

【名詞】＋をはじめ、をはじめとする。表示由核心的人或物擴展到很廣的範圍。

 試合には、校長先生をはじめ、たくさんの先生方も応援に来てくれた。

比賽中，校長以及多位老師都前來加油了。

【名詞】＋をちゅうしんに。表示前項是後項行為、狀態的中心。

例 海洋開発を中心に、討論を進めました。

以海洋開發為中心進行討論。

8

ような 像…樣的、宛如…一樣的…	比較	**らしい** 似乎…像…樣子、有…風度

【名詞の】＋ような。表示列舉、比喻。為了說明後項的名詞，而在前項具體的舉出例子。

例 お寿司や天ぷらのような和食が好きです。

我喜歡吃像壽司或是天婦羅那樣的日式料理。

【形容動詞詞幹；[形容詞・動詞]普通形】＋らしい。推量用法。説話者不是憑空想像，而是根據所見所聞來做出判斷；【名詞】＋らしい。表示具有該事物或範疇典型的性質。

例 地面が濡れている。夜中に雨が降ったらしい。

地面是濕的。晚上好像有下雨的樣子。

日文小祕方—口語常用說法

其他各種口語縮約形

┌─ 口語變化 ─┐
1 **省略字尾**
└─────────┘

說明 前面說過，說得越簡單、字越少就是口語的特色。省略字尾也很常見喔！如下：

帰ろう ➡ 帰ろ	でしょう ➡ でしょ（だろう→だろ）
ほんとう ➡ ほんと	ありがとう ➡ ありがと

▶ きみ、独身（どくしん）だろ？
　你還沒結婚吧？

▶ ほんと？どうやるんですか。
　真的嗎？該怎麼做呢？

┌─ 口語變化 ─┐
2 **母音脫落**
└─────────┘

說明 母音連在一起的時候，常有脫落其中一個母音的傾向。如下：

▶ ほうがいいんです→ほうがインです。
　（いい→「ii → i（イ）」）
　這樣比較好。

▶ やむをえない→やモえない。
　（むを→「muo → mo（も）」）
　不得已。

問題1　つぎの文の（　　）に入れるのに最もよいものを、1・2・3・4から一つえらびなさい。

1 母親「あら、お姉さんはまだ帰らないの？」

　　妹「お姉さん、友だちとご飯食べて帰る（　　　）よ。」

　1　らしい　　　　　　　　　　2　つもり

　3　そうなら　　　　　　　　　4　ような

2 天気予報では、「明日は晴れ。ところ（　　　）雨。」って言ってたよ。

　1　により　　　　　　　　　　2　では

　3　なら　　　　　　　　　　　4　について

3 私は小学校のときは、病気（　　　）病気をしたことがなかった。

　1　らしく　　　　　　　　　　2　らしい

　3　みたいな　　　　　　　　　4　ような

4 練習すれば、君だって1km ぐらい泳げる（　　　）なるさ。

　1　らしく　　　　　　　　　　2　ことに

　3　ように　　　　　　　　　　4　そうに

5 彼女のお兄さんは、スタイルは（　　　）、とても性格がいいそうよ。

　1　いいけど　　　　　　　　　2　もちろん

　3　悪く　　　　　　　　　　　4　いいのに

問題2　つぎの文の＿★＿に入る最もよいものを、1・2・3・4から一つえらびなさい。

6 高校生の息子がニュージーランドにホームステイをしたいと言っている。

　　私は、子どもが＿＿＿＿　＿＿＿＿　＿★＿　＿＿＿＿と思うが、やはり少し

　　心配だ。

　1　思うことは　　　　　　　　2　やりたい

　3　したいと　　　　　　　　　4　させて

5 翻譯與解題

問題1

Answer **1**

> 母親「あら、お姉さんはまだ帰らないの？」
> 妹「お姉さん、友だちとご飯食べて帰る（　　　）よ。」
> 1　らしい　　　　2　つもり　　　　3　そうなら　　　　4　ような

> 母親：「唉呀，姐姐還沒回來嗎？」
> 妹妹：「姐姐（好像）要和朋友吃過晚餐才會回來哦！」
> 1好像　　　　2打算　　　　3如果那樣　　　　4像～一樣的

妹は、「（姉は）はっきりはわからないが、ご飯を食べてから帰るだろう」と思っている。たぶんそうだろうと思う気持ちを表すことばは1「らしい」である。
2「つもり」は自分がそうしようと思うことなので不正解。「つもり」の使い方には注意しよう。4「ような」は活用を間違えているので不正解。
例：
1　彼は会社をやめるらしいよ。
2　わたしは将来医者になるつもりよ。

妹妹猜測「（姉は）はっきりはわからないが、ご飯を食べてから帰るだろう／雖然不確定（姐姐）的行程，但是應該會吃完飯再回來」。選項1「らしい／好像」可用於表達覺得大概是這樣。
選項2「つもり／打算」是表達自己打算這樣做，所以不正確。請留意「つもり」的用法。選項4「ような／像～一樣的」是錯誤的活用用法，所以不正確。
例句：
1　他好像要辭職唷。
2　我打算將來成為醫師喔。

Answer **1**

> 天気予報では、「明日は晴れ。ところ（　　　）雨。」って言ってたよ。
> 1　により　　　　2　では　　　　3　なら　　　　4　について

> 氣象預報說了，「明天是晴天，（依據）地區（不同）有雨。〈亦即：局部地區有雨〉」
> 1依據　　　　2在～方面　　　　3若是　　　　4關於

「ところにより」は天気予報で使われる用語である。覚えておこう。「ところ」は「地域、地方」のこと。地域に

「ところにより／根據不同地區」是氣象預報的常用語，請記下來吧！「ところ／地區」是指「地域、地方／地區、地方」。

158　言語知識・文法

よっては雨だというのである。

例：

1 明日は、ところにより、雪になる
　　でしょう。

題目的意思是因地區的不同某些地區會下雨。

例句：

1 明天部分地區可能會下雪。

3　　　　　　　　　　　　　　　　　　　　　Answer ❷

私は小学校のときは、病気（　　　）病気をしたことがなかった。

1 らしく　　　　2 らしい　　　　3 みたいな　　　　4 ような

我小學的時候，從來沒有生過大病（像樣的病）。

1 像是　　　　2 像　　　　3 似乎　　　　4 好像

問題文は、「一般に病気と言われるような病気はしたことがない」ということ。

このように、一般に認められる特徴をもっていることを表すことばは2「らしい」である。

1「らしく」は活用を間違えている。

3「みたいな」、4「ような」は似ている様子を表すことば。

例：

2 最近、雨らしい雨は降っていない。

3 父は、グローブみたいな手をしている。

　　（グローブに似ている。）

4 お城のようなホテルに泊まった。

　　（お城に似ている。）

題目的意思是「沒有得過被普遍認為是重病的疾病」。如本題，表示擁有普遍被認可的特徵的詞語是選項2「らしい／像」。選項1「らしく／像是」的詞尾變化不正確。選項3「みたいな／似乎」和選項4「ような／好像」都用於表達相似的樣子。

例句：

2 最近沒下什麼大雨。

3 爸爸的手宛如棒球手套。

　　（像棒球手套。）

4 當時住在像城堡一樣的飯店。

　　（和城堡相似。）

練習すれば、君だって 1 km ぐらい泳げる（　　　）なるさ。

1　らしく　　　　　2　ことに　　　　　3　ように　　　　　4　そうに

只要練習，你也（能夠）輕鬆游完一公里。

1 像是　　　　　　2 的是　　　　　　3 能夠　　　　　　4 的樣的子

「～ようになる」で「～の状態になる」ことを表す。問題文は「泳げる状態になる」ということ。「ようになる」の前は辞書形になる。

例：

3　漢字を 500 ぐらい書けるようになった。

　　（書ける状態になった。）

「～ようになる／變得能夠～」用來表示「變成～的狀態」。題目的意思是「變成會游泳的狀態」。「ようになる」前面要接辭書形。

例句：

3　已經會寫大約 500 個漢字了。

　　（變成會寫的狀態。）

彼女のお兄さんは、スタイルは（　　　）、とても性格がいいそうよ。

1　いいけど　　　　2　もちろん　　　　3　悪く　　　　　4　いいのに

聽說她哥哥有副好體格（就不用說了），個性也非常好喔。

1 雖然好　　　　　　　　　　2 就不用說了（自不待言、當然）

3 不好　　　　　　　　　　　4 明明好

「もちろん」が、文中で使われる場合、「～はもちろん～」の形で使われることが多い。「言う必要もないくらいはっきりしている様子」を表す。問題文は、「もちろんスタイルもいい」ということ。

例：

2　あの旅館は、料理の味はもちろん、サービスもよい。

　　（もちろん料理の味もよい。）

「もちろん／當然」在句子中通常以「～はもちろん～／～就不用說了」的方式呈現，表示「事實清楚的擺在眼前，沒必要說」。題目的意思是「當然也有副好體格」。

例句：

2　那間旅館，美食當然沒話說，就連服務也是一流。

　　（當然料理也好吃。）

問題 2

6

Answer **4**

高校生の息子がニュージーランドにホームステイをしたいと言っている。私は、子どもが＿＿＿＿ ＿＿＿＿ ＿★＿ ＿＿＿＿と思うが、やはり少し心配だ。

1 思うことは　　2 やりたい　　3 したいと　　4 させて

就讀高中的兒子說他想去紐西蘭住在寄宿家庭。我雖想 4 讓 孩子 2 去做 他 1 3 想做的事，難免有點擔心。

1 想～的事　　　　　　　　　2 去做
3 （希望）做　　　　　　　　4 讓　【3-1 したいと思うことは，想做的事】

正しい語順：高校生の息子がニュージーランドにホームステイをしたいと言っている。私は、子どもが したいと 思うことは させて やりたい と思うが、やはり少し心配だ。

まず、選択肢1の「思う」の前は内容や引用を示す「と」が来ることに注目するとよい。すると、「したいと思うことは」になることがわかる。次に、使役形を使った「させてやりたい」の言い方をおさえよう。相手の行動を許可する言い方である。
このように考えていくと、「3→1→4→2」の順となり、問題の ＿★＿ には、4の「させて」が入る。

正確語順：就讀高中的兒子說他想去紐西蘭住在寄宿家庭。我雖想讓孩子去做他想做的事，難免有點擔心。

首先，請留意選項1的「思う／想」前面應該是表示內容或引用的「と」。由此可知連接後變成「したいと思うことは／想做的事」。接著再掌握使役形「させてやりたい／讓他做」的用法，表示允許對方的行為。

如此一來順序就是「3→1→4→2」，

＿★＿應填入選項4「させて／讓」。

日文小祕方—口語常用說法

縮短句子

┌ 口語變化 ┐

1

なくてはいけない	➡	なくては
なくちゃいけない	➡	なくちゃ
ないといけない	➡	ないと

說明 表示不得不，應該要的「なくては」、「なくちゃ」、「ないと」都是口語的形式。朋友和家人之間，簡短的説，就可以在很短的時間，充分的表達意思了。

▶ 明日返さなくては。

明天就該歸還的。

▶ もっと急がないと。

再不快點就來不及了。

▶ 皆さんに謝らなくちゃ。

得向大家道歉才行。

┌ 口語變化 ┐

2

たらどうですか	➡	たら
ばどうですか	➡	ば
てはどうですか	➡	ては

說明 「たら」、「ば」、「ては」都是省略後半部，是口語常有的説法。都有表示建議、規勸對方的意思。都有「…如何」的意思。朋友和家人之間，由於長期生活在一起，有一定的默契，所以話可以不用整個講完，就能瞭解意思啦！

▶ 難しいなら、先生に聞いてみたら？

這部分很難，乾脆去請教老師吧？

▶ 電話してみれば？

乾脆打個電話吧？

▶ 食べてみては？

要不要吃吃看呢？

14 比較・対比・逆接

1 文法闖關大挑戰

文法知多少？請完成以下題目，從選項中，
選出正確答案，並完成句子。

《答案詳見右下角。》

1
彼は准教授の（　　　）、教授
になったと嘘をついた。
　1.くせに　2.のに

1.くせに：…，卻…
2.のに：明明…

2
あんな男と結婚する（　　　）、
一生独身の方がましだ。
　1.ぐらいなら　2.からには

1.ぐらいなら：與其…不如…
2.からには：既然…

3
体が丈夫（　　　）、インフルエン
ザには注意しなければならない。
　1.くらいなら　2.だとしても

1.くらいなら：與其…不如…
2.としても：即使…，也…

4
今年は去年（　　　）、雨の量
が多い。
　1.に比べ　2.に対して

1.に比べ：與…相比
2.に対して：對（於）…

5
法律（　　　）行為をしたら
処罰されます。
　1.に反する　2.に比べて

1.に反した：與…相反
2.に比べて：與…相比…

6
テストで100点をとった（　　　）、
母はほめてくれなかった。
　1.のに　2.としても

1.のに：明明…
2.としても：即使…，也…

7
上司にはへつらう（　　　）、
部下にはいばり散らす。
　1.かわりに　2.反面

1.かわりに：代替…
2.反面：另一方面…

8
物理の点が悪かった（　　　）、
化学はまあまあだった。
　1.わりには　2.として

1.わりには：但是相對之下還算…
2.として：作為…

答案：(1) 1　(2) 1　(3) 2　(4) 1
(5) 1　(6) 1　(7) 2　(8) 1

比較
- □ くらいなら、ぐらいなら 比較 からには、からは
- □ にくらべて、にくらべ 比較 にたいして
- □ わりに（は）比較 として、としては

対比
- □ としても 比較 くらいなら、ぐらいなら
- □ にはんして、にはんし、にはんする、にはんした 比較 にくらべて、みくらべ
- □ はんめん 比較 かわりに

逆接
- □ くせに 比較 のに
- □ のに 比較 としても

▶心智圖

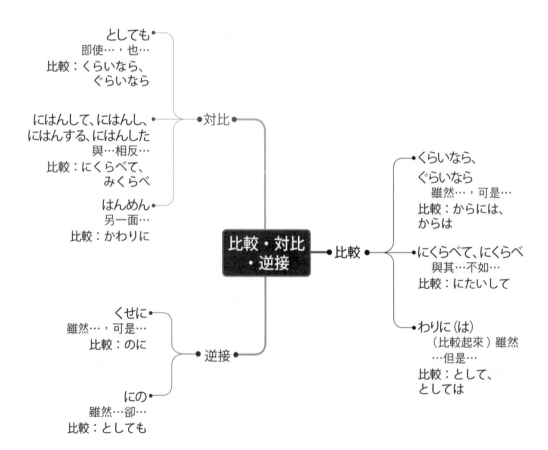

1

くらいなら、ぐらいなら
與其…不如…、要是…還不如…

比較

【動詞普通形】＋くらいなら、ぐらいなら。表示與其選前者，不如選後者，是一種對前者表示否定、厭惡的説法。

例 こんなひどい目に会うぐらいなら、むしろ死んだほうがいい。

假如要受那種對待，還不如一死百了！

からには、からは
既然…、既然…、就…

【動詞普通形】＋からには、からは。表示既然到了這種情況，後面就要「貫徹到底」的説法。因此，後句中表示説話人的判斷、決心、命令、勸誘及意志等。一般用於書面上。

例 教師になったからには、生徒一人一人をしっかり育てたい。

既然當了老師，當然就想要把學生一個個都確實教好。

2

にくらべて、にくらべ
與…相比、跟…比較起來、比較…

比較

【名詞】＋にくらべて、にくらべ。表示比較、對照。

例 平野に比べて、盆地は夏暑いです。

跟平原比起來，盆地的夏天熱多了。

にたいして
向…、對（於）…

【名詞】＋にたいして。表示動作、感情施予的對象。

例 みなさんに対して、お詫びをしなければならない。

我得向大家致歉。

3

わりに（は）（比較起來）雖然…但是…、但是相對之下還算…、可是…

比較

【名詞の；形容動詞詞幹な；[形容詞・動詞]普通形】＋わりに（は）。表示結果跟前項條件不成比例、有出入，或不相稱，結果劣於或好於應有程度。

例 面積が広いわりに、人口が少ない。

面積雖然大，但人口相對地很少。

として、としては 以…身份、作為…等，或不翻譯；如果是…的話、對…來說

【名詞】＋として、としては。「として」接在名詞後面，表示身份、地位、資格、立場、種類、名目、作用等。

例 責任者として、状況を説明してください。

請以負責人的身份，説明一下狀況。

4

としても
即使…，也…、就算…，也…

【名詞だ；形容動詞詞幹だ；[形容詞・動詞]普通形】＋としても。表示假設前項是事實或成立，後項也不會起有效的作用，或者後項的結果，與前項的預期相反。

例 これが本物の宝石だとしても、私は買いません。

即使這是真的寶石，我也不會買的。

比較

くらいなら、ぐらいなら
與其…不如…、要是…還不如…

【動詞辭書形】＋くらいなら、ぐらいなら。表示與其選前者，不如選後者，是一種對前者表示否定、厭惡的説法。

例 これ以上あんな上司の下で働くぐらいなら、いっそやめてやる。

如果還要在這種主管底下做事，乾脆別幹了。

5

にはんして、にはんし、にはんする、にはんした 與…相反…

【名詞】＋にはんして、にはんし、にはんする、にはんした。接「期待」、「予想」等詞後面，表示後項的結果，跟前項所預料的相反，形成對比的關係。

例 期待に反して、収穫量は少なかった。

與預期的相反，收穫量少很多。

比較

にくらべて、にくらべ
與…相比、跟…比較起來、比較…

【名詞】＋にくらべて、にくらべ。表示比較、對照。

例 平野に比べて、盆地は夏暑いです。

跟平原比起來，盆地的夏天熱多了。

6

はんめん 另一面…、另一方面…

【[形容詞・動詞]辭書形】＋はんめん；【名詞・形容動詞詞幹な]である】＋はんめん。表示同一種事物，同時兼具兩種不同性格的兩個方面。除了前項的一個事項外，還有後項的相反的一個事項。

例 あの会社は、給料がいい反面、仕事がきつい。

那家公司雖然薪資好，但另一方面工作也吃力。

比較

かわりに 雖然…但是…；代替…

【名詞の】＋かわりに。表示由另外的人或物來代替。意含「本來是前項，但因某種原因由後項代替」；【動詞普通形】＋かわりに。表示一件事同時具有兩個相互對立的側面，一般重點在後項。

例 過去のことを言うかわりに、未来のことを考えましょう。

大家想想未來的事，來代替說過去的事吧！

7

くせに 雖然…，可是…、…，卻… 比較

【名詞の；形容動詞詞幹な；[形容詞・動詞]普通形】＋くせに。逆態接續。表示根據前項的條件，出現後項讓人覺得可笑的、不相稱的情況。

例 彼女が好きなくせに、嫌いだと言い張っている。

明明喜歡她，卻硬説討厭她。

のに 雖然…卻…、明明…、卻…

【[名詞・形容動詞]な；[動詞・形容詞]普通形】＋のに。表示既定的逆接條件，往往帶有意外、埋怨、不滿等語氣。

例 頑張ったのに、うまくいかなかった。

雖然努力過了，事情卻不順利。

8

のに 雖然…卻…、明明…、卻…

比較

【[名詞・形容動詞]な；[動詞・形容詞]普通形】＋のに。表示既定的逆接條件，往往帶有意外、埋怨、不滿等語氣。

例 もう2時間も待っているのに、彼はまだ来ない。

已經等了2個小時，他卻還沒來。

としても 即使…，也…、就算…，也…

【名詞だ；形容動詞詞幹だ；[形容詞・動詞]普通形】＋としても。表示假設前項是事實或成立，後項也不會起有效的作用，或者後項的結果，與前項的預期相反。

例 みんなで力を合わせたとしても、彼に勝つことはできない。

就算大家聯手，也沒辦法贏他。

日文小祕方—口語常用說法

曖昧的表現

┌─── 口語變化 ───	┌── 中 譯 ──
①　でも	…之類、…等等

說明 說話不直接了當，給自己跟對方留餘地是日語的特色。「名詞（＋助詞）＋でも」不用說明情況，只是舉個例子來提示，暗示還有其他可以選擇。

▶ ねえ。犬でも飼う？
　我說呀，要不要養隻狗呢？

▶ コーヒーでも飲む？
　要不要喝杯咖啡？

┌─── 口語變化 ───	┌── 中 譯 ──
②　なんか	…之類、…等

說明 【名詞（＋助詞）】＋なんか。是不明確的斷定，說的語氣婉轉，這時相當於「など」。表示從多數事物中特舉一例類推其它，或列舉很多事物接在最後。

▶ 納豆なんかどう？体にいいんだよ。
　要不要吃納豆呢？有益身體健康喔！

▶ これなんかおもしろいじゃないか。
　像這種東西不是挺有意思的嗎？

4 新日檢實力測驗

問題1　つぎの文の（　　）に入れるのに最もよいものを、1・2・3・4から一つえらびなさい。

1 彼女は台湾から来たばかり（　　　　）、とても日本語が上手です。

1　なのに　　　　　　　　　　　2　なので

3　なんて　　　　　　　　　　　4　などは

2 十分練習した（　　　　）、1回戦で負けてしまった。

1　はずだから　　　　　　　　　2　のでは

3　はずなのに　　　　　　　　　4　つもりで

問題2　つぎの文の＿★＿に入る最もよいものを、1・2・3・4から一つえらびなさい。

3 彼女は親友の＿＿＿＿　＿＿＿＿　＿★＿　＿＿＿＿いたに違いない。

1　相談できずに　　　　　　　　2　悩んで

3　私にも　　　　　　　　　　　4　一人で

4 姉が作るお菓子＿＿＿＿　＿＿＿＿　＿★＿　＿＿＿＿ない。

1　は　　　　　　　　　　　　　2　ぐらい

3　もの　　　　　　　　　　　　4　おいしい

5 さっき歯医者に行った＿★＿　＿＿＿＿　＿＿＿＿　＿＿＿＿間違えていました。

1　時間を　　　　　　　　　　　2　のに

3　の　　　　　　　　　　　　　4　予約

6 彼は、のんびり＿＿＿＿　＿★＿　＿＿＿＿　＿＿＿＿あります。

1　反面　　　　　　　　　　　　2　ところも

3　気が短い　　　　　　　　　　4　している

5 翻譯與解題

問題1

1

彼女は台湾から来たばかり（　　　）、とても日本語が上手です。

1 なのに　　　　2 なので　　　　3 なんて　　　　4 などは

她（明明）從台灣剛來不久，日語卻說得非常好。

| 1 明明 | 2 因為 | 3 之類的 | 4 等等 |

問題文は、「日本に来たばかりだと（ふつうは、）日本語は上手ではないが、彼女は上手だ」ということである。このような、予想されることと違ったことを後で言うことばは「のに」である。2「ので」は原因や理由を表すことば。3「なんて」は何かを例にあげることば。4「など」はいくつかの例をあげて、ほかにもあることを表すことば。

例：

1 春になったのに、まだ寒い。
　（予想と違っている。）

2 雪なので、外出はやめよう。
　（雪のため。）

3 おみやげにケーキなんてどうかな。
　（たとえばケーキ。）

4 鉛筆や消しゴムなどは、文房具だ。
　（鉛筆、消しゴムのほかに、ノート・ボールペン…などがある。）

題目的意思是「如果剛來日本不久（一般而言，）日語可能不太好，但她卻說得很好」。像這樣要在後文敘述與預想相左的事項，可用「のに／雖是」。

選項2「ので／因為」表示原因或理由。

選項3「なんて／之類的」用於舉例時。

選項4「など／等等」用於舉出數個事例，並且還有其他項目的時候。

例句：

1 明明已經春天了，卻還很冷。
　（和預想不同。）

2 因為下雪，不要外出了吧。
　（下雪的緣故。）

3 買蛋糕之類的伴手禮不知道好不好呢？
　（例如蛋糕。）

4 鉛筆或橡皮擦等等屬於文具。
　（除了鉛筆、橡皮擦，其他還有筆記本、原子筆……等等。）

2

十分練習した（　　　　）、1回戦で負けてしまった。

1　はずだから　　　　　2　のでは　　　　　　　3　はずなのに　　　　　4　つもりで

（明明）已經拚命練習了，結果第一回合就輸了。

1 應該是這樣所以　　2 該不會　　　　　　3 明明應該是　　　　　4 打算

問題文は「十分練習したけど、1回戦で負けた」ということ。したがって、（　）には逆接（前のことがらから、予想されることと違うことが起きたことを表す）の接続語が入る。逆接の接続語は3「はずなのに」の「のに」。「はず」は「きっとそうなる」ということ。「十分練習したのだから、勝つだろうと思っていたのに」という気持ちを表す。

1「はずだから」の「から」は順接（前に述べていることと、その後に述べることが、自然に続いている意味を表す）の接続語である。

例：

1　荷物を何度も確認しておいたはずだから、忘れ物はないでしょう。
（順接）

3　集合時間を何度も言っておいたはずなのに、彼は来なかった。
（逆接）

題目的意思是「雖然拚命練習了，然而第一回合就輸了」。因此，（　）應填入逆接（表示依照前面事項推測，應得到某種結果，然而卻發生了不同於預測的狀況）的連接詞。逆接的連接詞是選項3「はずなのに／明明應該是～」中的「のに／明明」。「はず／理應」意思是「一定會如此」。題目呈現的心情是「因為拚命練習了，所以我以為一定會贏」。

選項1「はずだから／應該是這樣所以」的「から／所以」是順接（表示前述事項可以自然連接到後述事項）的連接詞。

例句：

1　因為行李已經檢查過好幾遍了，應該沒有漏掉的物品吧。
（順接）

3　明明應該再三提醒過集合時間了，結果他卻沒來。
（逆接）

問題 2

Answer **3**

姉が作るお菓子＿＿＿＿＿ ＿＿＿＿＿ ＿★＿＿＿ ＿＿＿＿ない。

1 は	2 ぐらい	3 もの	4 おいしい

再沒有像姊姊做的點心 2 <u>那樣</u> 4 <u>好吃</u> 3 <u>的</u> 了。

1 X	2 那樣	3 的	4 好吃

正しい語順：姉が作るお菓子 <u>ぐらい</u> <u>おいしい</u> <u>もの</u> <u>は</u> ない。

「A ぐらい B はない」の言い方に注目する。A、B には名詞が来て、「A がいちばん B だ」という意味になる。ここでは、A に当たるのは「（姉が作る）お菓子」で、B に当たるのは「もの」である。したがって、「お菓子」に続くのは「ぐらい」だとわかる。「おいしい」は形容詞なので「もの」に係る。問題文は、「姉が作るお菓子がいちばんおいしい」ということである。
このように考えていくと、「2→4→3→1」の順となり、問題の ＿★＿ には、3 の「もの」が入る。

正確語順：再沒有像姊姊做的點心<u>那樣好吃的</u>了。

請留意「A ぐらい B はない／沒有像 A 那樣～的 B 了」的句型。A 處和 B 處應填入名詞，意思就是「A がいちばん B だ／A 是最 B 的」。選項之中，符合 A 的是「（姊が作る）お菓子／（姊姊做的）點心」，而符合 B 的是「もの／的」。由此可知「お菓子／點心」之後應該是「ぐらい／那樣」。由於「おいしい／好吃」是形容詞，也就是用來形容「もの／的」。題目的意思是「姉が作るお菓子がいちばんおいしい／姊姊做的點心是最好吃的」。

如此一來順序就是「2→4→3→1」，＿★＿ 應填入選項 3「もの／的」。

4

Answer **4**

彼女は親友の＿＿＿＿＿ ＿＿＿＿＿ ＿★＿＿＿ ＿＿＿＿いたに違いない。

1 相談できずに	2 悩んで	3 私にも	4 一人で

她一定 3 連 身為知心好友的 3 我 都 1 <u>無法商量</u>，4 <u>獨自一人</u> 2 煩惱不已。

1 無法商量	2 煩惱不已	3 連我	4 獨自一人

正しい語順：彼女は親友の <u>私にも</u> <u>相談できずに</u> <u>一人で</u> 悩んで いた

正確語順：她一定<u>連</u>身為知心好友的<u>我都無法商量</u>，獨自一人煩惱不已。

に違いない。

問題部分の前後に注意して、正解のことばを探していこう。前は「親友の」なので、続くことばは名詞である。名詞は「私にも」か「一人で」のどちらかだが、意味が通るのは「私にも」である。したがって、「親友の私にも」となる。そして、「親友の私にも」どうなのかを示す動詞を探すと、「相談できずに」が見つかる。また、後の語は「いた」なので、その前は「て形」のことばになる。したがって、「悩んでいたに違いない」になる。残った「一人で」は「悩んでいた」の前に付ける。

このように考えていくと、「3→1→4→2」の順となり、問題の___★___には、4の「一人で」が入る。

請觀察空格的前後部分，尋找正確答案吧！因為前面是「親友の／知心好友的」，所以下一格應該接名詞。名詞的選項有「私にも／連我」和「一人で／獨自一人」，符合文意的是「私にも／連我」，因此可知是「親友の私にも／連知心好友的我」。接著，尋找可以表示「親友の私にも」的動作的動詞，發現了「相談できずに／無法商量」。又因為最後一個空格之後接的是「いた」，所以前一格應為「て形」的詞語。由此可知是「悩んでいたに違いない／一定煩惱不已」。最後剩下的「一人で」就放在「悩んでいた／煩惱不已」的前面。

如此一來順序就是「3→1→4→2」，___★___應填入選項4「一人で」。

5

Answer ❷

さっき歯医者に行った___★___ _____ _____ _____間違えていました。

1 時間を　　　2 のに　　　3 の　　　4 予約

剛才 2 專程 去了牙科，沒想到記錯 4 預約 3 的 1 時間 了。

1 時間　　　2 專程　　　3 的　　　4 預約

正しい語順：さっき歯医者に行ったのに 予約 の 時間を 間違えていました。

逆接の意味を表す「のに」に注目する。「のに」の前は普通形になるので、「さっき歯医者に行った」に続くことがわかる。また、「の」は名詞と名詞をつな

正確語順：剛才專程去了牙科，沒想到記錯預約的時間了。

請留意表示逆接意思的「のに／專程」。「のに」的前面必須是普通形，由此可知「のに」的前面接的是「さっき歯医者に行った／剛才專程去了牙科」。又因為「の／的」的作用是連接兩個名詞，因此合起來就變成「予

ぐ語なので「予約の時間を」となる。問題文の最後の「間違えていました」の対象になるのは、「時間を」だけなので、「予約の時間を間違えていました」になる。

このように考えていくと、「2→4→3→1」の順となり、問題の　★　には2の「のに」が入る。

約の時間を／預約的時間」。題目最後「間違えていました／記錯」的對象只可能是「時間を／時間」，所以連接後變成「予約の時間を間違えていました／記錯預約的時間」。

如此一來順序就是「2→4→3→1」，　★　應填入選項2「のに」。

Answer **❶**

彼は、のんびり＿＿＿＿　　★　　＿＿＿＿　＿＿＿＿あります。

1 反面	2 ところも	3 気が短い	4 している

他既有悠哉 1 的一面， 2 也 有 3 性急 2 的一面。

1 的一面	2 也～的一面	3 性急	4 X

正しい語順：彼は、のんびり　している　反面　気が短い　ところも　あります。

「のんびり」は性格を表すことばで、「のんびりしている」のように使う。「反面」は「一方」という意味で、普通形に接続するので、「のんびりしている反面」になる。「反面」の後は、「のんびりしている」と反対語である「気が短い」が続く。なお、「ところ」はここでは、「部分・点」の意味で、「のんびり」と「気が短い」という二つの性格を並べて「ところも」と言っている。

このように考えていくと、「4→1→3→2」の順となり、問題の　★　には、1の「反面」が入る。

正確語順：他既有悠哉的一面，也有性急的一面。

「のんびり／悠哉」是表示性格的詞語，寫成「のんびりしている」。「反面／的一面」是「一方／另一方面」的意思，接在普通形之後，所以是「のんびりしている」。而「反面」的後面應該接與「のんびりしている」相反的「気が短い／性急」。並且「ところ」在這裡是「部分、點」的意思，因為要將「のんびり」和「気が短い」這兩個性格並列，所以要寫「ところも／也～的一面」。

如此一來順序就是「4→1→3→2」，　★　應填入選項1「反面／的一面」。

1 文法闖關大挑戰

文法知多少？請完成以下題目，從選項中，選出正確答案，並完成句子。
《答案詳見右下角。》

1 転勤が嫌なら、（　　）。
　1．やめるしかない
　2．やめないわけにはいかない

1．しかない：只有…
2．ないわけにはいかない：必須…

2 お茶は二つ買いますが、お弁当は一つ（　　）買います。
　1．しか　2．だけ

1．しか：僅僅
2．だけ：只

3 誤りを認めて（　　）、立派な指導者と言える
　1．こそ　2．だけ

1．こそ：正是…
2．だけ：只…

4 あんなやつを、助けて（　　）やるもんか。
　1．など　2．ほど

1．など…ものか：才…
2．ほど：越…越…

5 こんな日が来る（　　）、夢にも思わなかった。
　1．なんか　2．なんて

1．なんか：…之類的
2．なんて：多麼…呀

6 時間がないから、旅行（　　）めったにできない。
　1．なんか　2．ばかり

1．なんか：…之類的
2．ばかり：淨是…

答案：(1) 1 (2) 2 (3) 1 (4) 1 (5) 2 (6) 1

限定	強調
□ しかない <u>比較</u> ないわけに（は）いかない □ だけ <u>比較</u> しか	□ こそ <u>比較</u> だけ □ など〜ものか、など〜もんか <u>比較</u> ほど □ などと（なんて）いう、などと（なんて） 　おもう <u>比較</u> なんか □ なんか、なんて <u>比較</u> ばかり

▶ 心智圖

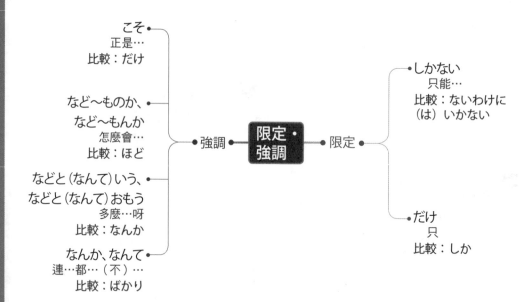

1

しかない
只能…、只好…、只有…

比較

ないわけに（は）いかない
不能不…、必須…

【動詞辭書形】＋しかない。表示只有這唯一可行的，沒有別的選擇，或沒有其它的可能性。

例 **国会議員になるには、選挙で勝つしかない。**

要當國會議員，就只有打贏選戰了。

【動詞否定形】＋ないわけに（は）いかない。表示根據社會的理念、情理、一般常識或自己過去的經驗，不能不做某事，有做某事的義務。

例 **どんなに嫌でも、税金を納めないわけにはいかない。**

任憑百般不願，也非得繳納稅金不可。

2

だけ 只、僅僅

比較

しか 只、僅僅

【名詞（＋助詞）】＋だけ；【名詞；形容動詞詞幹な】＋だけ；【[形容詞・動詞]普通形】＋だけ。表示只限於某範圍，除此以外沒有別的了。

例 **テレビは一時間だけ見てもいいです。**

只看一小時的電視也行。

【名詞（＋助詞）】＋しか～ない。下接否定，表示限定。一般帶有因不足而感到可惜、後悔或困擾的心情。

例 **5000円しかありません。**

僅有 5000 日圓。

3

こそ
正是…、才（是）；正（因為）…

比較

だけ
只、僅僅

【名詞】＋こそ。表示特別強調某事物；表示強調充分的理由。前面常接「から」或「ば」。

例 **こちらこそよろしくお願いします。**

彼此彼此，請多多關照。

【名詞（＋助詞）】＋だけ；【名詞；形容動詞詞幹な】＋だけ；【[形容詞・動詞]普通形】＋だけ。表示只限於某範圍，除此以外沒有別的了。

例 **小川さんはお酒だけ飲みます。**

小川先生只喝酒。

4

など～ものか、など～もんか
怎麼會…、才（不）…

比較

ほど
越…越…；…得、…得令人

など＋【形容動詞詞幹な；[形容詞・動詞]辭書形】＋ものか、もんか。表示加強否定的語氣。通過「など」對提示的事物，表示不值得一提、無聊、不屑等輕視的心情。

例 そんな馬鹿なことなど、信じるもんか。

我才不相信那麼扯的事呢！

【名詞；形容動詞詞幹な；[形容詞・動詞]辭書形】＋ほど。表示後項隨著前項的變化，而產生變化。用在比喻或舉出具體的例子，來表示動作或狀態處於某種程度。

例 もしそれが本当ならば、彼はどうしてあんなことを言ったのだろう。

如果那是真的，那他為什麼要說那種話呢？

5

などと（なんて）いう、などと（なんて）おもう
多麼…呀；…之類的…

比較

なんか
連…都…（不）…；…那一類的、…什麼的；…之類的

【[名詞・形容詞・形容動詞・動詞]普通形】＋などと（なんて）いう、などと（なんて）おもう。表示前面的事，好得讓人感到驚訝，含有讚嘆的語氣。表示輕視、鄙視的語氣。

例 いやだなんて言わないで、お願いします。

請別說不願意，請你做吧。

【名詞】＋なんか。表示從各種事物中例舉其一。是比「など」還隨便的說法；如果後接否定句，表示對所提到的事物，帶有輕視的態度。

例 「お昼、何食べる？」「ラーメンなんか、どう？」

「中午吃什麼？」「拉麵之類的，如何？」

6

なんか、なんて
連…都…（不）…；…那一類的、…什麼的；…之類的

比較

ばかり
淨…、光…、老…

【名詞】＋なんか；[[名詞・形容詞・形容動詞・動詞]普通形]＋なんて。前接名詞，表示用輕視的語氣，談論主題，口語用法；或表示前面的事是出乎意料的，後面多為驚訝或是輕視的評價口語用法。

例 庭に、芝生なんかあるといいですね。

如果庭院有個草坪之類的東西就好了。

【名詞】＋ばかり。表示數量、次數非常的多，而且說話人對這件事有負面評價；表示說話人對不斷重複一樣的事，或一直都是同樣的狀態，有負面的評價。

例 漫画ばかりで、そのほかの本はぜんぜん読みません。

光看漫畫，完全不看其他書。

4 新日檢實力測驗

問題1 つぎの文の（　　）に入れるのに最もよいものを、1・2・3・4から一つえらびなさい。

1 （デパートで服を見ながら）

竹田「長くてかわいいスカートが欲しいんですが。」

店員「それでは、これ（　　　）いかがでございますか？」

1	が	2	など
3	ばかり	4	に

2 A「ハワイ旅行、どうだった？」

B「日本人（　　　）で、外国じゃないみたいだったよ。」

1	みたい	2	ばかり
3	ほど	4	まで

3 彼女と別れるなんて、想像する（　　　）悲しくなるよ。

1	ので	2	から
3	だけで	4	なら

4 A「この引き出しには、何が入っているのですか。」

B「写真だけ（　　　）入っていません。」

1	ばかり	2	が
3	しか	4	に

5 A「なぜ、この服が好きなの。」

B「かわいい（　　　）、着やすいからよ。」

1	だけで	2	ので
3	だけでなく	4	までで

6 今度のテストには、1学期の範囲（　　　）、2学期の範囲も出るそうだよ。

1	だけで	2	だけでなく
3	くらい	4	ほどでなく

問題 1

1

Answer ❷

（デパートで服を見ながら）
竹田「長くてかわいいスカートが欲しいんですが。」
店員「それでは、これ（　　　）いかがでございますか？」

1　が　　　　　　　2　など　　　　　　　3　ばかり　　　　　4　に

（在百貨公司挑選衣服）
竹田：「我想找可愛的長裙。」
店員：「那麼，（類似）這種款式您喜歡嗎？」
1 ×　　　　　　　2 類似　　　　　　3 光是　　　　　　4 在

「など」は「いろいろあるものの中から一例をえらび、これと決めないでやわらかく相手に示す時に使うことば」。
問題文では店員が「これなどいかがでございますか」とすすめている。

例：

1　これが私の宝物だ。

2　デザートにケーキなどいかがですか。

3　彼は野菜を食べず、肉ばかり食べている。

4　駅前にデパートがある。

「など／類似」是「從眾多選項中舉出一例，委婉告訴對方要不要這個決定時使用表達」。題目中，店員用「これなどいかがでございますか／類似這種款式您喜歡嗎」的句型推薦。

例句：

1　這是我的寶物。

2　甜點吃蛋糕好嗎？

3　他都不吃青菜，光吃肉。

4　車站前有百貨公司。

2

Answer ❷

A「ハワイ旅行、どうだった？」
B「日本人（　　　）で、外国じゃないみたいだったよ。」

1　みたい　　　　2　ばかり　　　　3　ほど　　　　4　まで

A：「去夏威夷旅行，好玩嗎？」
B：「（到處都是）日本人，完全不像到了國外呢。」
1 像是　　　　　2 光是　　　　3 左右　　　　4 到

問題文は、日本人が多いということを、「日本人ばかり」と表している。この場合の「ばかり」は「だけ」と言い換えることができる。

例：

1　これ、ほんもの<u>みたい</u>だ。

　　（ここでの「みたい」は、「～のようだ」という意味。）

2　言う<u>ばかり</u>で、実行しない。

3　会議は五十人<u>ほど</u>出席します。

　　（ここでの「ほど」は、大体の数量を示す。）

4　駅<u>まで</u>歩くと 15 分かかる。

　　（ここでの「まで」は、行きつく場所を示す。）

題目以「日本人ばかり／到處都是日本人」表示有許多日本人。這時候「ばかり／全都是」也可以替換成「だけ／只有」。

例句：

1　這個<u>好像是</u>真的。

　　（此處的「みたい／像是」是指「～のようだ／就像是」。）

2　<u>光</u>說不練。

3　<u>大約</u>有 50 人<u>左右</u>將要出席會議。

　　（此處的「ほど／左右」表示大概的數目。）

4　走<u>到</u>車站要花 15 分鐘。

　　（此處的「まで／到」表示到達的場所。）

3

Answer ❸

彼女と別れるなんて、想像する（　　　　）悲しくなるよ。

1　ので　　　　　　2　から　　　　　　3　だけで　　　　　4　なら

和她分手這種事，（光是）想像就覺得很傷心。

1 因為　　　　　　2 由於　　　　　　3 光是　　　　　　4 如果

「想像する、それだけで悲しくなる」という意味の文である。「だけ」を使うと限度を表す文になる。したがって、3「だけで」が正しい。

例：

3　<u>見るだけで</u>、買わない。

　　（見る、それだけで買わない。）

題目要表達「想像する、それだけで悲しくなる／光是想像就覺得很悲傷」的意思。「だけ／光是」是表現範圍的用法。因此選項 3「だけで／光是」才是正確答案。

例句：

3　<u>只是看看</u>，不買。

　　（看看而已，不買。）

A「この引き出しには、何が入っているのですか。」
B「写真だけ（　　　）入っていません。」

1　ばかり　　　　　2　が　　　　　　3　しか　　　　　4　に

A：「這個抽屜裡放了什麼呢？」
B：「（只）放了照片」

1全是　　　　　　2×　　　　　　3只　　　　　　4在

「だけしか〜ない」という言い方に注目する。「だけ」に「しか」を付けると、「だけ」を強調する言い方になる。「写真だけしか入っていない」は、「写真だけ入っている」ということ。「だけしか」にすると、動詞は否定の言い方になることに注意する。

1　「ばかり」に「しか」は付かない。

例：

3　そのことは母だけが知っている。
　　そのことは母だけしか知らない。

請注意「だけしか〜ない／僅僅只有」的用法。「だけ／僅僅」後面接「しか／只有」用於強調「だけ／僅僅」。「写真だけしか入っていない／僅僅放了照片」是指「写真だけ入っている／只放了照片」。請注意，「だけしか／僅僅只有」後面的動詞必須是否定形。

選項1「ばかり／全是」不會接「しか／只有」。

例句：

3　那件事只有媽媽知道。

　　那件事僅僅只有媽媽知道。

A「なぜ、この服が好きなの。」
B「かわいい（　　　）、着やすいからよ。」

1　だけで　　　　　2　ので　　　　　　3　だけでなく　　　4　までで

A：「為什麼喜歡這件衣服？」
B：「因為它（不僅）可愛，（還）很好穿。」

1只是　　　　　　2因為　　　　　　3不僅〜還〜　　　4到

問題文はこの服を好きな理由を「かわいい」、「着やすい」からと言っている。

このように、一つに限らず、もう一つ

題目中說明喜歡這件衣服的理由是「かわいい／可愛」、「着やすい／好穿」。如同本題，除了一項之外，還想再說另一項時，可以用「〜だけでなく／不僅〜還〜」的句型。

言いたい時は「～だけでなく」という言い方をする。

例：

1 安い<u>だけで</u>、おいしいとは言えない。
（「安い」に限っている。）
2 天気がいい<u>ので</u>、公園へ行こう。
（理由を述べている。）
3 彼はやさしい<u>だけでなく</u>、頭がいい。
4 店は10人<u>までで</u>、満席です。
（10人以内である。）

例句：

1 <u>只是</u>便宜，算不上好吃。
（僅限於「安い／便宜」。）
2 <u>因為</u>天氣晴朗，我們去公園吧！
（陳述理由。）
3 他<u>不僅</u>溫柔，還很聰明。
4 這家店最多<u>只能</u>容納<u>到</u>10個人就客滿了。
（10人以內的意思。）

Answer ❷

今度のテストには、1学期の範囲（　　　）、2学期の範囲も出るそうだよ。

1 だけで　　　2 だけでなく　　　3 くらい　　　4 ほどでなく

聽說這次的考試內容，（不僅限於）第一學期的課程範圍，包括第二學期的範圍也會出題。
1 只限　　　2 不僅限於　　　3 大約　　　4 沒有那麼～

問題文は1学期の範囲と2学期の範囲の両方から出るということである。一つに限定しない言い方は「～だけでなく～」である。したがって、2が正しい。
1「だけ」は一つに限った言い方。3「くらい」はおよその数や程度を表す（例文の意味）。4「ほどでない」は「～のようでない」という気持ちを表す。
例：
1 引っ越しを<u>自分だけで</u>する。
（自分一人。）

題目的意思是考試的出題範圍包括第一學期和第二學期這兩部分。不限於一項的句型是「～だけでなく～／不僅～還～」。因此，正確答案是選項2。
選項1「だけ／只限」是只限於其中一項的詞語。選項3「くらい／大約」用於表示大約的數量或程度（請參考例句的用法）。選項4「ほどでない／沒有那麼～」用於表達「不像～那麼」的感覺。
例句：
1 我將<u>自己一個人</u>搬家。
（獨自一人）

2　このかばんは<u>軽いだけでなく</u>、
　　丈夫だ。
　　（軽いし、丈夫。）
3　料理を<u>半分くらい</u>残した。
　　（だいたい半分。）
4　今年の暑さは、<u>去年ほどでない</u>。
　　（去年よりも暑くない。）

2　這只提包<u>不僅輕巧</u>，還很耐用。

　　（輕巧又耐用。）

3　菜餚剩了<u>大約一半</u>。

　　（大約一半。）

4　今年<u>沒有去年那麼熱</u>。

　　（不比去年熱。）

許可・勧告・使役・敬語・伝聞

1 文法闖關大挑戰

文法知多少？請完成以下題目，從選項中，選出正確答案，並完成句子。
《答案詳見右下角。》

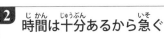

1 思いやりのある子に（　　　）。
1. 育ってもらう
2. 育ってほしい

1. てもらう：（我）請（某人為我做）…
2. てほしい：希望…

2 時間は十分あるから急ぐ
（　　　）。
1. ことはない　　2. ほかはない

1. ことはない：用不著…
2. ほかはない：只好…

3 姉は父にプレゼントをして
（　　　）。
1. 喜ばせた　　　2. 喜ばせられた

1. （さ）せる：叫…
2. （さ）せられる：被迫…

4 ここ1週間くらい（　　　）お
陰で、体がだいぶ良くなった。
1. 休ませた　　2. 休ませてもらった

1. （さ）せる：叫…
2. 使役形＋もらう：請允許我…

5 田中君、急に用事を思い出したもん
だから、少し時間に遅れる（　　　）。
1. って　　2. そうだ

1. って：聽說…
2. そうだ：據說…

6 ご意見がないということは、皆
さん、賛成（　　　）ね。
1. ということです　　2. わけです

1. ということだ：也就是說…
2. わけだ：怪不得…

答案：（1）2　（2）1　（3）1　（4）2　（5）1　（6）1

許可・勧告
- □ てほしい 比較 てもらう
- □ ことはない 比較 ほかない、ほかはない

使役・敬語
- □ （さ）せる 比較 （さ）せられる
- □ 使役形＋もらう 比較 （さ）せる

伝聞
- □ って 比較 そうだ
- □ ということだ 比較 わけだ

◥心智圖

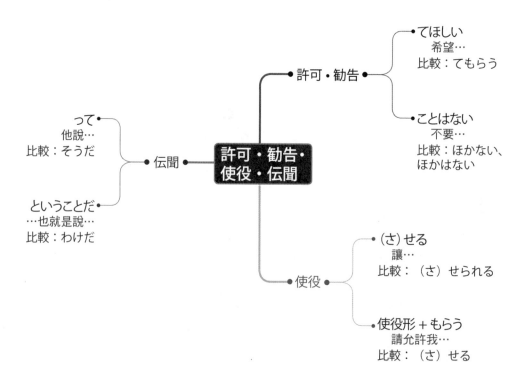

1

てほしい 希望…、想要…；想請你…　　比較

【動詞て形】＋ほしい。表示對他人的某種要求或希望。

例 学園祭には、たくさんの人に来てほしいですね。

真希望會有很多人來校慶參觀呀。

てもらう（我）請（某人為我做）…

【動詞て形】＋もらう。表示請求別人做某行為，且對那一行為帶著感謝的心情。也就是接受人由於給予人的行為，而得到恩惠、利益。一般是接受人請求給予人採取某種行為的。

例 先輩にごちそうしてもらいました。

學長請我吃飯。

2

ことはない
不要…、用不著…　　比較

【動詞辭書形；[形容詞・形容動詞・動詞]た形】＋ことはない。表示鼓勵或勸告別人，沒有做某一行為的必要。

例 部長の評価なんて、気にすることはありません。

用不著去在意部長的評價。

ほかない、ほかはない
只有…、只好…、只得…

【動詞辭書形】＋ほかない、ほかはない。表示雖然心裡不願意，但又沒有其他方法，只有這唯一的選擇，別無它法。

例 犯人が見つからないので、捜査の範囲を広げるほかはない。

因為抓不到犯人，只好擴大搜索範圍了。

3

（さ）せる 讓…、叫…　　比較

【[一段動詞・カ變動詞]使役形；サ變動詞詞幹】＋させる；【五段動詞使役形】＋せる。表示使役。使役形的用法有：某人強迫他人做某事，由於具有強迫性，只適用於長輩對晚輩或同輩之間；某人用言行促使他人（用を表示）自然地做某種動作；允許或放任不管。

例 子供に部屋を掃除させた。

我叫小孩打掃房間。

（さ）せられる 被迫…、不得已…

【動詞使役形】＋（さ）せられる。表示被迫。被某人或某事物強迫做某動作，且不得不做。含有不情願、感到受害的心情。

例 彼と食事すると、いつも僕がお金を払わせられる。

每次要跟他吃飯，都是我付錢。

4

使役形＋もらう
請允許我…、請讓我…

比較

（さ）せる
讓…、叫…

【動詞使役形】＋もらう。使役形跟表示請求的「もらえませんか、いただけませんか、いただけますか、ください」等搭配起來，表示請求允許的意思；如果使役形跟「もらう、くれる、いただく」等搭配，就表示由於對方的允許，讓自己得到恩惠的意思。

【[一段動詞・カ變動詞]使役形；サ變動詞詞幹】＋させる；【五段動詞使役形】＋せる。表示使役。使役形的用法有：某人強迫他人做某事，由於具有強迫性，只適用於長輩對晚輩或同輩之間；某人用言行促使他人（用を表示）自然地做某種動作；允許或放任不管。

例 明日ちょっと早く帰らせていただきたいのですが。

希望您明天能讓我早些回去。

例 今日は生徒に少し難しい問題を解かせました。

今天我讓學生去解稍微難一點的題目。

5

って
他說…；聽說…、據說…

比較

そうだ 聽說…、據說…

【名詞（んだ）；形容動詞詞幹な（んだ）；[形容詞・動詞]普通形（んだ）】＋って。表示引用自己聽到的話，相當於表示引用句的「と」，重點在引用；另外也可以跟表示說明的「んだ」搭配成「んだって」表示從別人那裡聽說了某信息。

【[名詞・形容詞・形動容詞・動詞]普通形】＋そうだ。表示不是自己直接獲得的，而是從別人那裡、報章雜誌或信上等，得到該信息的。

例 北海道では、もう初雪が降ったって。

聽說北海道已經下了今年第一場雪了。

例 新聞によると、今度の台風はとても大きいそうだ。

報上說這次的颱風會很強大。

6

ということだ…也就是說…、這就是…

比較

わけだ 當然…、怪不得…

【簡體句】＋ということだ。表示根據前項的情報、狀態得到某種結論。

【形容動詞詞幹な；[形容詞・動詞]普通形】＋わけだ。表示按事物的發展、事實、狀況合乎邏輯地必然導致這樣的結果。

例 やきもちを焼くということは、彼女は君に気があるということだ。

吃醋就表示她有對你有意思。

例 もう 12 時か。どうりで眠いわけだ。

已經 12 點了啊？怪不得這麼想睡。

4 新日檢實力測驗

問題1　つぎの文の（　　）に入れるのに最もよいものを、1・2・3・4から一つえらびなさい。

1 　学生「先生、来週の日曜日、先生のお宅に（　　　）よろしいでしょうか。」
　　先生「ああ、いいですよ。」

　　1 　伺って　　　　　　　　　　2 　行かれて
　　3 　参られて　　　　　　　　　4 　伺われて

2 　初めて自分でお菓子を作りました。どうぞ（　　　）ください。

　　1 　いただいて　　　　　　　　2 　いただかせて
　　3 　食べたくて　　　　　　　　4 　召し上がって

3 　大変だ、弟が犬に（　　　）よ。

　　1 　かんだ　　　　　　　　　　2 　かまられた
　　3 　かみられた　　　　　　　　4 　かまれた

4 　先生は、何を研究（　　　）いるのですか。

　　1 　されて　　　　　　　　　　2 　せられて
　　3 　しられて　　　　　　　　　4 　しれて

5 　母「夕ご飯を何にするか、まだ決めてないのよ。」
　　子ども「じゃ、ぼくに（　　　）。カレーがいいよ。」

　　1 　決めて　　　　　　　　　　2 　決まって
　　3 　決めさせて　　　　　　　　4 　決められて

6 　先生がかかれたその絵を、（　　　）いただけますか。

　　1 　拝見して　　　　　　　　　2 　見て
　　3 　拝見すると　　　　　　　　4 　拝見させて

5 翻譯與解題

問題1

1

学生「先生、来週の日曜日、先生のお宅に（　　　　）よろしいでしょうか。」
先生「ああ、いいですよ。」

1　伺って　　　　2　行かれて　　　3　参られて　　　4　伺われて

學生：「老師，下周日可以去老師家（拜訪）嗎？」
老師：「哦，可以啊。」

1 拜訪　　　　2 前去　　　　　3 X　　　　　4 X

学生が先生に言っているので、先生を敬って、（　）には、「行く」「訪問する」の謙譲語が入る。「行く」の謙譲語は「伺う」「参る」だが、3「参られて」、4「伺われて」という言い方はしないので不正解。2「行かれて」は「行く」の尊敬語なので不正解。したがって、1「伺って」が正しい。

例：
1　明日、私は部長のお宅に伺う予定です。（謙譲語）
2　先生は講演会に行かれています。（尊敬語）
3・4は不適切な表現。

因為是學生向老師說話，要表現出對老師的尊敬，（　）的部分應填入「行く／去」、「訪問する／拜訪」的謙譲語。「行く」的謙譲語是「伺う／打擾」或「参る／拜訪」，但是選項3「参られて」以及選項4「伺われて」並沒有這樣的說法，所以不正確。選項2「行かれて／前去」是「行く」的尊敬語因此不正確。所以，選項1的「伺って／拜訪」才是正確答案。

例句：
1　明天我會去經理的府上拜訪。（謙譲語）
2　老師將前往演講會。（尊敬語）
3・4　是不適切的說法。

2

Answer ❹

初めて自分でお菓子を作りました。どうぞ（　　　）ください。

1　いただいて　　　2　いただかせて　　　3　食べたくて　　　4　召し上がって

這是我第一次自己做點心，請（享用）。

1 吃　　　　2 被請吃　　　　3 想吃　　　　4 享用

お客様などに料理をすすめる場合、「食べる」の尊敬語を使う。「食べる」の尊敬語は「召し上がる」。「ください」に続くので「て形」にして、「召し上がって」になる。したがって、4が正しい。

1「いただいて」は「食べる」の謙譲語なので不正解。

例：

4 夕食は何を召し上がりますか。

向客人推薦料理時，要用「食べる／吃」的尊敬語。「食べる」的尊敬語是「召し上がる／享用」。因為後面接的是「ください／請」，所以應該用「て形」，變成「召し上がって／請享用」。因此，選項 4 為正確答案。

選項 1「いただいて／吃」是「食べる」的謙讓語，所以不正確。

例句：

4 晚餐想吃什麼呢？

3　　　　　　　　　　　　　　　　Answer ❹

大変だ、弟が犬に（　　　　）よ。

1　かんだ　　　　2　かまられた　　　3　かみられた　　　4　かまれた

糟糕，弟弟（被）狗（咬了）！
1咬了　　　　2 X　　　　3 X　　　　4被咬了

問題文は「犬が弟をかんだ」ということ。主語を弟にすると、「かむ」を受身形にする必要がある。「かむ」の受身形は「かまれる」。したがって、4「かまれた」が正しい。

1「かんだ」は犬が主語になるので不正解。2「かまられた」、3「かみられた」は受身形の作り方を間違えている。

題目的意思是「犬が弟をかんだ／狗咬了弟弟」。當主語是弟弟的時候，「かむ／咬」必須使用被動形。「かむ」的被動形是「かまれる／被咬」。因此正確答案是選項 4「かまれた／被咬了」。

選項 1「かんだ／咬了」的主語是狗，所以不正確。選項 2「かまられた」以及選項 3「かみられた」則是被動式的錯誤變化。

先生は、何を研究（　　　　）いるのですか。

1　されて　　　　　　2　せられて　　　　　3　しられて　　　　　4　しれて

老師正在（做）什麼研究呢？
1 做　　　　　　2 X　　　　　　　3 X　　　　　　4 X

先生のことについて言っているので、尊敬語を使う。「する」の尊敬語は「される」。したがって、1「されて」が正しい。

2「せられて」、3「しられて」、4「しれて」は尊敬語の作り方を間違えている。

例：

1　先生はどんな本を書かれているのですか。
　　（「書く」の尊敬語。）

因為是在敘述關於老師的事，所以要用尊敬語。「する／做」的尊敬語是「される／做」。因此正確答案是選項1「されて」。選項2「せられて」、選項3「しられて」、選項4「しれて」都是敬語的錯誤變化，所以不正確。

例句：

1　請問老師正在撰寫什麼樣的書呢？。
　　（「書く／寫」的尊敬語。）

母「夕ご飯を何にするか、まだ決めてないのよ。」
子ども「じゃ、ぼくに（　　　　）。カレーがいいよ。」

1　決めて　　　　2　決まって　　　　3　決めさせて　　　4　決められて

媽媽：「晚餐想吃什麼？媽媽還沒決定哦。」
小孩：「那（讓）我來（決定），就吃咖哩好了！」
1 決定　　　　2 規定　　　　　3 讓～決定　　　　4 被決定

問題文はぼくが決める、ぼくが決めたいということである。このような依頼の表現は使役形を使う。したがって、「決める」の使役形の3「決めさせて」が正しい。後に「ください」をつけた依頼の文を覚えよう。

4「決められて」は受身形なので不正解。

題目的意思是我來決定、希望由我決定。像這樣表示請託時要用使役形。因此，正確答案是「決める／決定」的使役形，也就是選項3「決めさせて／讓～決定」。請記住請託句型的最後面要接「ください／請」。至於選項4「決められて／被決定」是被動式，所以不正確。

例：
3 次はわたしに歌わせてください。
（使役形）
4 たばこを吸っていい場所は決められています。
（受身形）

例句：
3 接下來請讓我為大家獻唱一曲。
（使役形）
4 吸菸必須在指定區域之內。
（被動形）

6　　　　　　　　　　　　　　Answer ❹

先生がかかれたその絵を、（　　　　）いただけますか。
1 拝見して　　　2 見て　　　3 拝見すると　　　4 拝見させて

老師畫的那幅大作，可以（讓）我（拜見）嗎？
1拜見　　　　2看　　　　3如果拜見　　　4讓～拜見

問題文は「先生がかかれた絵を見せてもらいたい」ということ。先生に対して敬意をはらい、敬語を使って依頼する言い方である。したがって、（ ）には「見る」の謙譲語「拝見する」の使役形「拝見させる」が入る。また、後が「いただけますか」なので、「拝見させる」を「て形」にした「拝見させて」が入る。
例：
4 先生が撮られた写真を、拝見させていただけますか。

題目的意思是「想看老師畫的大作」。這是對師長表示敬意、使用敬語拜託對方的用法。「見る／看」的謙讓語是「拝見する／拜見」。因此，（ ）應填入「拝見する／拜見」的使役形「拝見させる／使拜見」。另外，因為句尾是「いただけますか／可以嗎」，「拝見させる／讓拜見」應轉成「て形」，填入「拝見させて／讓拜見」。
例句：
4 可以容我拜見老師拍攝的照片嗎？

日文小祕方──口語常用說法

曖昧的表現

① ┌─ 口語變化 ─┐
たり
┌─ 中譯 ─┐
有時…，有時…；
又…又…

説明 【名詞；形容動詞詞幹】＋だったり；【形容詞た形；動詞た形】＋り。表示列舉同類的動作或作用。

▶ 夕食の時間は7時だったり8時だったりで、決まっていません。
晚餐的時間有時候是七點，有時候是八點，不太一定。

▶ 最近、暑かったり寒かったりだから、風邪を引かないようにね。
最近時熱時冷，小心別感冒囉！

▶ 休みはいつも部屋で音楽聴いたり本読んだりしてるよ。
假日時，我總是在房間裡聽聽音樂、看看書啦！

② ┌─ 口語變化 ─┐
とか
┌─ 中譯 ─┐
…啦…啦、…或…

説明 【名詞】＋とか（名詞＋とか）；【動詞辭書形】＋とか（動詞辭書形＋とか）。表示從各種同類的人事物中選出一、兩個例子來說，或羅列一些事物。

▶ 頭が痛いって、どしたの？お父さんの会社、危ないとか？
你怎麼會頭疼呢？難道是你爸爸的公司面臨倒閉危機嗎？

▶ 休みの日は、テレビを見るとか本を読むとかすることが多い。
假日時，我多半會看電視或是看書。

1 文法闖關大挑戰

文法知多少？請完成以下題目，從選項中，
選出正確答案，並完成句子。

《答案詳見右下角。》

1 私は中山君にチョコを
（　　　）。
1. くれた　2. あげた

1. くれる：給…
2. あげる：給予…

2 先生が私に時計を（　　　）。
1. いただきました
2. くださいました

1. いただく：拜領…
2. くださる：贈…

3 私はお客様に資料を（　　）。
1. さしあげました
2. あげました

1. さしあげる：給予…
2. あげる：給予…

4 私は中山君にノートを（　　）。
1. 見せてあげた
2. 見せてくれた

1. てあげる：（為他人）做…
2. てくれる：（為我）做…

5 先生は、間違えたところを（　）。
1. 直してくださいました
2. 直していただきました

1. てくださる：（為我）做…
2. ていただく：承蒙…

6 私は先生の車を車庫に（　　）。
1. 入れてあげました
2. 入れてさしあげました

1. てあげる：（為他人）做…
2. てさしあげる：（為他人）做…

7 李さんは読めない漢字があった
ので、花子さんに（　　　）。
1. 教えてもらいました
2. 教えてやりました

1. てもらう：（我）請（某人為我做）…
2. てやる：給…（做…）

8 私は犬に薬を付けて（　　）。
1. やりました
2. くれました

1. てやる：給…（做…）
2. てくれる：（為我）做…

あげる的使用
□あげる 比較 くれる
□さしあげる 比較 あげる
□てあげる 比較 てくれる
□てさしあげる 比較 てあげる

くれる的使用
□くださる 比較 いただく
□てくださる 比較 ていただく

もらう的使用
□てもらう 比較 てやる
□もらう 比較 やる

其他的使用
□てやる 比較 てくれる
□やる 比較 くれる

◄心智圖

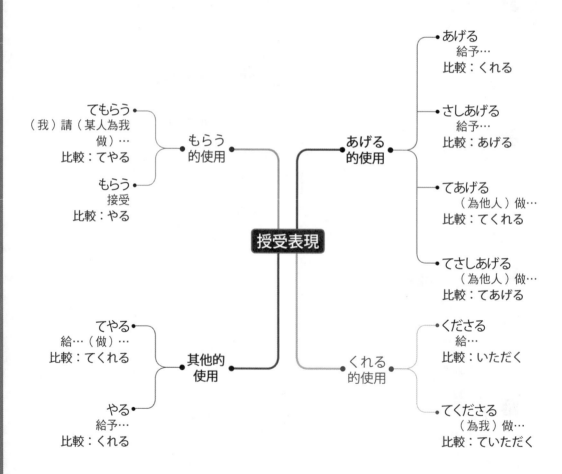

1

| **あげる** 給予…、給… | 比較 | **くれる** 給… |

【名詞】＋【助詞】＋あげる。授受物品的表達方式。表示給予人，給予接受人有利益的事物。給予人是主語，這時候接受人跟給予人大多是地位、年齡同等的同輩。

例 私は李さんにＣＤをあげた。

我送了ＣＤ給李小姐。

【名詞】＋【助詞】＋くれる。表示他人給說話人（或說話一方）物品。這時候接受人跟給予人大多是地位、年齡相當的同輩。給予人是主語，而接受人是說話人，或說話人一方的人（家人）。給予人也可以是晚輩。

例 李さんは私にチョコをくれました。

李小姐給了我巧克力。

2

| **さしあげる** 給予…、給… | 比較 | **あげる** 給予…、給… |

【名詞】＋【助詞】＋さしあげる。授受物品的表達方式。表示下面的人給上面的人物品。給予人是主語，這時候接受人的地位、年齡、身份比給予人高。是一種謙虛的說法。

例 私たちは先生にお土産をさしあげました。

我送老師當地的特產。

【名詞】＋【助詞】＋あげる。授受物品的表達方式。表示給予人，給予接受人有利益的事物。給予人是主語，這時候接受人跟給予人大多是地位、年齡同等的同輩。

例 彼女の誕生日に、絹のスカーフをあげました。

她生日，我送了絲巾給她。

3

| **てあげる**（為他人）做… | 比較 | **てくれる**（為我）做… |

【動詞て形】＋あげる。表示自己或站在自己一方的人，為他人做前項有益的行為。這時候接受人跟給予人大多是地位、年齡同等的同輩。

例 私は友達に本を貸してあげました。

我借給了朋友一本書。

【動詞て形】＋くれる。表示他人為我，或為我方的人做前項有益的事。用在帶著感謝的心情，接受別人的行為時。這時候接受人跟給予人大多是地位、年齡同等的同輩。給予人是主語，而接受人是說話人，或說話人一方的人。

例 花子は私に傘を貸してくれました。

花子借傘給我。

4

てさしあげる（為他人）做…

【動詞て形】＋さしあげる。表示自己或站在自己一方的人，為他人做前項有益的行為。給予人是主語。這時候接受人的地位、年齡、身份比給予人高。

例 私は部長を空港まで送ってさしあげました。

我送部長到機場。

比較

てあげる（為他人）做…

【動詞て形】＋あげる。表示自己或站在自己一方的人，為他人做前項有益的行為。這時候接受人跟給予人大多是地位、年齡同等的同輩。

例 私は夫にネクタイを一本買ってあげた。

我給丈夫買了一條領帶。

5

くださる 給…、贈…

【名詞】＋【助詞】＋くださる。對上級或長輩給自己（或自己一方）東西的恭敬説法。這時候給予人的身份、地位、年齡要比接受人高。給予人是主語，而接受人是説話人，或説話人一方的人（家人）。

例 先生は私にご著書をくださいました。

老師送我他的大作。

比較

いただく 承蒙…、拜領…

【名詞】＋【助詞】＋いただく。表示從地位、年齡高的人那裡得到東西。這是以説話人是接受人，且接受人是主語的形式，或説話人站是在接受人的角度來表現。用在給予人身份、地位、年齡都比接受人高的時候。

例 鈴木先生にいただいた皿が、割れてしまいました。

鈴木老師送給我的盤子碎掉了。

6

てくださる（為我）做…

【動詞て形】＋くださる。表示他人為我，或為我方的人做前項有益的事。用在帶著感謝的心情，接受別人的行為時。這時候給予人的身份、地位、年齡要比接受人高。給予人是主語，而接受人是説話人，或説話人一方的人。

例 先生は30分も私を待ってくださいました。

老師竟等了我30分鐘。

比較

ていただく 承蒙…

【動詞て形】＋いただく。表示接受人請求給予人做某行為，且對那一行為帶著感謝的心情。用在給予人身份、地位、年齡都比接受人高的時候。

例 先生に推薦状を書いていただきました。

我請老師寫了推薦函。

7

てもらう
（我）請（某人為我做）…

比較

てやる
給…（做…）

【動詞て形】＋もらう。表示請求別人做某行為，且對那一行為帶著感謝的心情。也就是接受人由於給予人的行為，而得到恩惠、利益。一般是接受人請求給予人採取某種行為的。這時候接受人跟給予人大多是地位、年齡同等的同輩。或給予人也可以是晚輩。

例 田中さんに日本人の友達を紹介してもらった。

我請田中小姐為我介紹日本的朋友。

【動詞て形】＋やる。表示以施恩或給予利益的心情，為下級或晚輩（或動、植物）做有益的事。。又表示因為憤怒或憎恨，而做讓對方不利的事「給…（做…）」的意思。

例 （私は）弟と遊んでやったら、とても喜びました。

我陪弟弟玩，他非常高興。

8

もらう
接受…、取得…、從…那兒得到…

比較

やる
給予…、給…

【名詞】＋【助詞】＋もらう。表示接受別人給的東西。這是以説話人是接受人，且接受人是主語的形式，或説話人站在接受人的角度來表現。這時候接受人跟給予人大多是地位、年齡相當的同輩。或給予人也可以是晚輩。

例 私は友達に木綿の靴下をもらいました。

朋友給了我棉襪。

【名詞】＋【助詞】＋やる。授受物品的表達方式。表示給予同輩以下的人，或小孩、動植物有利益的事物。這時候接受人大多為關係親密，且年齡、地位比給予人低。或接受人是動植物。

例 私は子供にお菓子をやった。

我給了孩子點心。

9

てやる 給…（做…）

比較

てくれる（為我）做…

【動詞て形】＋やる。表示以施恩或給予利益的心情，為下級或晚輩（或動、植物）做有益的事。又表示因為憤怒或憎恨，而做讓對方不利的事。

例 自転車を直してやるから、持ってきなさい。

我幫你修腳踏車，去騎過來吧。

【動詞て形】＋くれる。表示他人為我，或為我方的人做前項有益的事。用在帶著感謝的心情，接受別人的行為時。這時候接受人跟給予人大多是地位、年齡同等的同輩。給予人是主語，而接受人是説話人，或説話人一方的人。給予人也可以是晚輩。

例 田中さんが仕事を手伝ってくれました。

田中先生幫我做事。

10

やる 給予…、給…	比較	くれる 給…

【名詞】＋【助詞】＋やる。接受物品的表達方式。表示給予同輩以下的人，或小孩、動植物有利益的事物。這時候接受人大多為關係親密，且年齡、地位比給予人低。或接受人是動植物。

【名詞】＋【助詞】＋くれる。表示他人給説話人（或説話一方）物品。這時候接受人跟給予人大多是地位、年齡相當的同輩。給予人是主語，而接受人是説話人，或説話人一方的人（家人）。給予人也可以是晚輩。

例 高校生の息子に、英語の辞書をやった。

我送就讀高中的兒子英文字典。

例 友達が私におもしろい本をくれました。

朋友給了我一本有趣的書。

問題1　つぎの文の（　　）に入れるのに最もよいものを、1・2・3・4から一つえらびなさい。

1 来週の土曜日に佐久間教授に（　　　　）のですが、ご都合はいかがでしょうか。

　1　拝見したい　　　　　　　　　　2　お目にかかりたい

　3　いらっしゃる　　　　　　　　　4　お会いしていただきたい

2 A「その机を運ぶの？　石黒くんに手伝ってもらったらどう。」

　　B「あら、体が大きいからって、力が強い（　　　　）わ。」

　1　はずがない　　　　　　　　　　2　はずだ

　3　とは限らない　　4　に決まってる

3 今、友だちに私の新しいアパートを探して（　　　　）います。

　1　あげて　　　　　　　　　　　　2　差し上げて

　3　もらって　　　　　　　　　　　4　おいて

4 その本を（　　　　）、私に貸してくれない？

　1　読みたら　　　　　　　　　　　2　読みて

　3　読んだら　　　　　　　　　　　4　読むと

問題2　つぎの文の＿★＿に入る最もよいものを、1・2・3・4から一つえらびなさい。

5 先生に＿★＿　＿＿＿＿　＿＿＿＿　＿＿＿＿　難しくてできなかった。

　1　とおりに　　　　　　　　　　　2　みたが

　3　教えられた　　　　　　　　　　4　やって

6 明日は、いつもより少し＿＿＿＿　＿＿＿＿　＿★＿　＿＿＿＿のですが。

　1　たい　　　　　　　　　　　　　2　早く

　3　いただき　　　　　　　　　　　4　帰らせて

5 翻譯與解題

問題1

1 Answer ❷

来週の土曜日に佐久間教授に（　　　）のですが、ご都合はいかがでしょうか。

1　拝見したい　　　　　　　　　2　お目にかかりたい

3　いらっしゃる　　　　　　　　4　お会いしていただきたい

> 下周六（想拜會）佐久間教授，不知道是否方便？
> 1 想拜見　　　2 想拜會　　　3 到訪　　　　4 X

自分の動作を言うので、謙譲語を使う。「会う」の謙譲語は「お目にかかる」。「佐久間教授に会いたい」を、謙譲語を使うと「佐久間教授にお目にかかりたい」となる。

1の「拝見する」は「見る」の謙譲語。3「いらっしゃる」は「いる」「来る」「行く」の尊敬語。

例：

1　切符を拝見させていただきます。
（「見る」の謙譲語。）

2　おばあさまにぜひお目にかかりたい。
（「会う」の謙譲語。）

3　社長は社長室にいらっしゃる。
（「いる」の尊敬語。）

因為敘述的是自己的動作，所以使用謙讓語。「会う/見面」的謙讓語是「お目にかかる/拜會」。「佐久間教授に会いたい/想見佐久間教授」使用謙讓語就成為「佐久間教授にお目にかかりたい/想拜會佐久間教授」。

選項1的「拝見する/拜見」是「見る/看」的謙讓語。選項3「いらっしゃる/在、來、去」是「いる/在」、「来る/來」、「行く/去」的尊敬語。

例句：

1　請讓我檢視您的車票。

（「見る/看」的謙讓語。）

2　請務必容我拜見令祖母。

（「会う/見面」的謙讓語。）

3　總經理目前在總經理辦公室。

（「いる/在」的尊敬語。）

A「その机を運ぶの？　石黒くんに手伝ってもらったらどう。」

B「あら、体が大きいからって、力が強い（　　　　）わ。」

1　はずがない　　　　2　はずだ　　　　　　3　とは限らない　　　4　に決まってる

A：「要搬那張桌子嗎？要不要請石黑同學幫忙？」

B：「唉呀，體格好（未必）力氣大哦！」

1 不可能　　　　　2 應該　　　　　　3 未必　　　　　　　4 肯定是

問題文は、「体が大きいからといって、必ず力が強いとは言えない。強くないこともある」ということである。このような状況を「〜とは限らない」という言い方をする。したがって、3「とは限らない」が適切。前に「必ずしも」を付けて、「必ずしも〜とは限らない」という言い方もする。

1「はずがない」は「絶対に〜でないと思う」ということ。強い否定を表す。2「〜はずだ」は「きっと〜と思う」ということ。4「に決まっている」は「まちがいなく〜する」ということ。

例：

1　Aチームが負けるはずがない。
　　（絶対に負けるはずがない。）

2　彼はもうすぐ来るはずだ。
　　（きっと来る。）

3　みんなが賛成するとは限らない。
　　（必ずみんなが賛成するとは言えない。反対する人もいる。）

4　いたずらをしたら、しかられるに決まっている。
　　（まちがいなくしかられる。）

題目的意思是「即使體格好，也不見得一定力氣大。也有可能沒什麼力氣」。遇到這種狀況可以用「〜とは限らない／未必」的句型。因此，選項3「とは限らない」最合適。也可以在前面加上「必ずしも／未必」，變成「必ずしも〜とは限らない／未必」的句型。

選項1「はずがない／不可能」是指「我認為絕對不會〜」，表示強烈否定。選項2「〜はずだ／應該」的意思是「我認為一定〜」。選項4「〜に決まっている／肯定是」的意思是「絕錯不了〜一定是〜」。

例句：

1　A隊不可能輸。

　　（絕對不可能輸。）

2　他應該馬上就來了。

　　（一定會來。）

3　大家未必都會贊成。

　　（無法肯定大家一定會贊成。也會有反對的人。）

4　惡作劇的話，肯定會挨罵。

　　（肯定要挨罵。）

今、友だちに私の新しいアパートを探して（　　　）います。

1　あげて　　　　　2　差し上げて　　　3　もらって　　　　4　おいて

我目前請朋友（幫我）找新公寓。

1 給　　　　　　　2獻上　　　　　　3為我　　　　　　4（事先）為我

問題文は、「友だちが私の新しいアパートを探している」ということ。このように「人の親切によって、自分が得をする」意味を表すことばは3「もらう」。「～てもらう」の形で使う。

1「あげる」、2「差し上げる」は「やる」の謙遜した言い方。

「あげる」「差し上げる」「もらう」の使い方に注意しよう。

例：

1　老人の荷物を持って<u>あげて</u>、一緒に横断歩道を渡った。

2　お土産を<u>差し上げて</u>、喜ばれました。

3　道を教えて<u>もらって</u>助かった。

題目的意思是「朋友正在幫我找新住處」。能夠表達「因為他人的好意而使自己受惠」意思的詞語是選項3「もらう／為我」。以「～てもらう／讓（為我）」的句型表示。選項1「あげる／給」和選項2「差し上げる／獻上」是「やる／做」的謙遜用法。請留意「あげる」、「差し上げる」、「もらう」的使用方法！

例句：

1　<u>幫</u>老人提行李，陪他一起過了馬路。

2　<u>獻上</u>了紀念品給他，讓他很開心。

3　妳<u>為我</u>指路，真是幫了大忙！

その本を（　　　）、私に貸してくれない？

1　読みたら　　　　2　読みて　　　　3　読んだら　　　　4　読むと

你（讀完）那本書後，可以借給我嗎？

1 X　　　　　　　2 X　　　　　　　3讀完　　　　　　4一讀就

（　）には、これからすること（＝本を読む）が完了した後、次の行動をする（＝その本を貸してほしい）という意味の「～たら（だら）」が入る。予定の行動を述べる表現である。

（　）應該填入「～たら（だら）／了～的話」，意思是等這件事情（＝讀書）完成之後，就採取後續的行動（＝希望你借我那本書）。這個句型可以用於敘述預定的行動。

1 「読みたら」は「読んだら」になることに注意する。

例：

3 駅に着いたら、電話してください。迎えに行きます。

選項1請留意「読みたら」要變成「読んだら」才正確。

例句：

3 抵達車站後請來電，我會去接您。

問題2

5

先生に ＿★＿ ＿＿＿ ＿＿＿ ＿＿＿ 難しくてできなかった。

1 とおりに　　　2 みたが　　　3 教えられた　　　4 やって

我 1 試著 2 按照 老師 3 所教導 的那樣 4 去做，但是太難了無法成功。
1 按照　　　2 試著　　　3 所教導　　　4 去做

正しい語順：先生に 教えられた とおりに やって みたが 難しくてできなかった。

「とおり」は、動詞の連体形、過去形（「た形」）、名詞＋「の」に接続する。したがって、「教えられたとおりに」になる。最初に「先生に」とあるので、「先生に（よって）教えられたとおりに」にするとよい。次に、「やってみる」の形に注目すると、「やってみたが」になることがわかる。

このように考えていくと、「3→1→4→2」の順となり、問題の ＿★＿ には、3の「教えられた」が入る。

正確語順：我試著按照老師所教導的那樣去做，但是太難了無法成功。

「とおり／按照」可接在動詞連體形、過去形（「た形」）、名詞＋「の」之後。因此是「教えられたとおりに／按照所教導的那樣」。因為句首是「先生に／老師」，由此可知是「先生に（よって）教えられたとおりに／按照老師所教導的那樣」。接著請留意「やってみる／試著」，可以得知是「やってみたが／試著去做」。

如此一來順序就是「3→1→4→2」，＿★＿的部分應填入選項3「教えられた／所教導」。

明日は、いつもより少し＿＿＿＿ ＿＿＿＿ ★ ＿＿＿＿のですが。

1　たい　　　　　2　早く　　　　　3　いただき　　　4　帰らせて

| 明天 1想 3請您允許我 2提早 一點4回去。
| 1 想　　　　　　2 提早　　　　　3 請您允許我　　　4（讓我）回去

正しい語順：明日は、いつもより少し早く　帰らせて　いただき　たい　のですが。

「〜ていただきたい」は、敬語を使った依頼の言い方である。「〜」の動詞は使役形になることに注意する。「早く」は、問題部分の前に比較と程度を表す「いつもより少し」があるので、この語のすぐ後に来る。

このように考えていくと、「2→4→3→1」の順となり、問題の＿★＿には、3の「いただき」が入る。

正確語順：明天想請您允許我提早一點回去。

「〜ていただきたい／想請您允許我」是使用敬語拜託對方的句型。請留意「〜」的動詞必須是使役形。因為題目前面有表示比較與程度的「いつもより少し／比平時提早一點」，所以緊接在後面的是「早く／提早」。

如此一來順序就是「2→4→3→1」，＿＿★＿＿應填入選項3「いただき／請您允許我」。

1 文法闖關大挑戰

文法知多少？請完成以下題目，從選項中，
選出正確答案，並完成句子。
《答案詳見右下角。》

2 マラソンのコースを全部走り
（　　　）。
　　1. きりました　2. かけました

1. きる：…完
2. かける：開始…

4 すみません、カードがたくさん
（　　）財布がほしいのですが。
　　1. 入れる　2. 入る

1. 他動詞：有人為意圖發生的動作
2. 自動詞：完整表示主語的某個動作

6 あいつは、会う（　　　）皮肉
を言う。
　　1. につき　2. たびに

1. につき：因…
2. たびに：每次…

1 恵比寿から代官山（　　　）は、
おしゃれなショップが多いです。
　　1. にかけて　2. まで

1. にかけて：從…到…
2. まで：從…到…

3 （　　　）は本当にすばらしい
です。
　　1. 生きること　2. 生きたところ

1. こと：…這件事
2. たところ：…，結果…

5 A社にお願いした（　　　）、
早速引き受けてくれた。
　　1. ところ　2. せいか

1. たところ：…，結果…
2. せいか：可能是（因為）…

7 天気予報では、午後から涼しく
なる（　　　）。
　　1. って　2. っけ

1. って：聽説…
2. っけ：是不是…來著

答案：(1) 1　(2) 1　(3) 1　(4) 2
(5) 1　(6) 2　(7) 1

名詞化
- □ こと 比較 たところ
- □ み 比較 さ

自他動詞
- □ 自動詞 比較 他動詞

其他（一）
- □ から〜にかけて 比較 から〜まで
- □ きる、きれる、きれない 比較 かけた、かけの、かける

- □ たところ 比較 せいか
- □ たび 比較 につき
- □ っけ 比較 って

其他（二）
- □ ところだった 比較 ところだ
- □ にわたって、にわたる、にわたり、にわたった 比較 をつうじて
- □ もの、もん 比較 ものだから
- □ わけだ 比較 にちがいない

心智圖

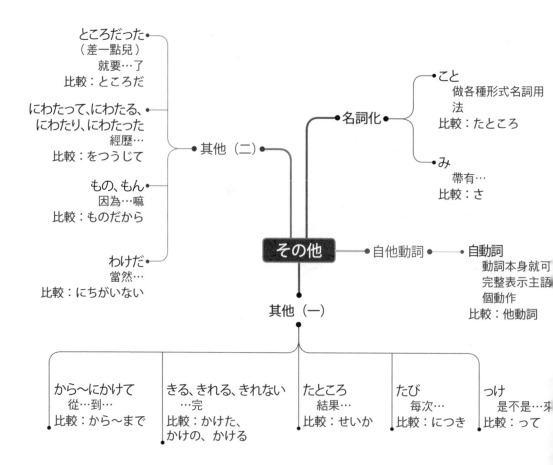

1

こと
做各種形式名詞用法

比較

たところ
結果…，或是不翻譯

【名詞の；形容動詞詞幹な；[形容詞・動詞]普通形】＋こと。做各種形式名詞用法。前接名詞修飾短句，使其名詞化，成為後面的句子的主語或目的語。「こと」跟「の」有時可以互換。

例 趣味は詩を読んだり書いたりすることです。

我的興趣是讀詩和寫詩。

【動詞た形】＋ところ。這是一種順接的用法。表示因某種目的去作某一動作，但在偶然的契機下得到後項的結果。前後出現的事情，沒有直接的因果關係，後項有時是出乎意料之外的客觀事實。

例 事件に関する記事を載せたところ、たいへんな反響がありました。

去刊登事件相關的報導，結果得到熱烈的回響。

2

み 帶有…、…感

比較

さ 表示程度或狀態

【[形容詞・形容動詞]詞幹】＋み。「み」是接尾詞，前接形容詞或形容動詞詞幹，表示該形容詞的這種狀態，或在某種程度上感覺到這種狀態。形容詞跟形容動詞轉為名詞的用法。

例 この包丁は厚みのある肉もよく切れる。

這把菜刀可以俐落地切割有厚度的肉。

【[形容詞・形容動詞]詞幹】＋さ。接在形容詞、形容動詞的詞幹後面等構成名詞，表示程度或狀態。也接跟尺度有關的如「長さ、深さ、高さ」等，這時候一般是跟長度、形狀等大小有關的形容詞。

例 健康の大切さが分かりました。

了解了健康的重要性。

3

自動詞 動詞本身就可以完整表示主語的某個動作

比較

他動詞
表有人為意圖發生的動作

「自動詞」沒有受詞，動詞本身就可以完整表示主語的某個動作。自動詞是某物因為自然的力量而發生，或施加了某動作後的狀態變化。重點在某物動作後的狀態變化。也表示某物的性質。

例 最近は水がよく売れているんですよ。

最近水的銷路很好喔。

跟「自動詞」相對的，有動作的涉及對象，用「…を…ます」這種形式，名詞後面接「を」來表示動作的目的語，這樣的動詞叫「他動詞」。「他動詞」是人為的，有人抱著某個目的有意識地作某一動作。

例 私はドアを開けました。

我開了門。

4

から～にかけて 從…到…

【名詞】＋から＋【名詞】＋にかけて。表示兩個地點、時間之間一直連續發生某事或某狀態的意思。

例 この辺りからあの辺りにかけては、畑が多いです。

這頭到那頭，有很多田地。

比較

から～まで 從…到…

【名詞】＋から＋【名詞】＋まで。表示地點的起點和終點，也就是範圍。「から」前面的名詞是開始的地點、時間，「まで」前面的名詞是結束的地點、時間。

例 会社は月曜日から金曜日までです。

公司上班是從週一到週五。

5

きる、きれる、きれない …完；充分、到極限；…不了…、不能完全…

【動詞ます形】＋きる、きれる、きれない。有接尾詞作用。接意志動詞的後面，表示行為、動作做到完結、竭盡、堅持到最後。接在無意志動詞的後面，表示程度達到極限。

例 三日間も寝ないで仕事をして、疲れきってしまった。

工作三天沒睡覺，累得精疲力竭。

比較

かけた、かけの、かける 剛…、開始…

【動詞ます形】＋かけた、かけの、かける。表示動作，行為已經開始，正在進行途中，但還沒有結束。

例 今ちょうどデータの処理をやりかけたところです。

現在正開始處理資料。

6

たところ 結果…，或是不翻譯

【動詞た形】＋ところ。這是一種順接的用法。表示因某種目的去作某一動作，但在偶然的契機下得到後項的結果。前後出現的事情，沒有直接的因果關係，後項有時是出乎意料之外的客觀事實。

例 新しい雑誌を創刊したところ、とてもよく売れている。

發行新的雜誌，結果銷路很好。

比較

せいか 可能是（因為）…的緣故吧

【名詞の；形容動詞詞幹な；[形容詞・動詞]普通形】＋せいか。表示原因或理由。表示發生壞事或不利的原因，但這一原因也説不清，不很明確。

例 物価が上がったせいか、生活が苦しいです。

也許是因為物價上漲，生活才會這麼困苦。

7

たび、たびに
毎次…、每當…就…、每逢…就…

比較

【名詞の；動詞辭書形】＋たび、たびに。表示前項的動作、行為都伴隨後項。相當於「…するときはいつも」。

例 試合のたびに、彼女がお弁当を作ってくれる。

每次比賽時，女朋友都會幫我做便當。

につき
因…、因為…

【名詞】＋につき。接在名詞後面，表示其原因、理由。一般用在書信中比較鄭重的表現方法。

例 5時以降は不在につき、4時半くらいまでにお越しください。

因為5點以後不在，所以請在4點半之前過來。

8

っけ 是不是…來著、是不是…呢

比較

【名詞だ（った）；形容動詞詞幹だ（った）；[動詞・形容詞]た形】＋っけ。用在想確認自己記不清，或已經忘掉的事物時。「っけ」是終助詞，接在句尾。也可以用在一個人自言自語，自我確認的時候。是對平輩或晚輩使用的口語說法，對長輩最好不要用。

例 このニュース、彼女に知らせたっけ。

這個消息，有跟她講嗎？

って 他說…；聽說…、據說…

【名詞（んだ）；形容動詞詞幹な（んだ）；[形容詞・動詞]普通形（んだ）】＋って。表示引用自己聽到的話或是報導等等，相當於表示引用句的「と」，重點在引用；另外也可以跟表示說明的「んだ」搭配成「んだって」表示從別人那裡聽說了某信息。

例 駅の近くにおいしいラーメン屋があるって。

據說在車站附近有家美味的拉麵店。

9

ところだった（差一點兒）就要…了、險些…了；差一點…可是…

比較

【動詞辭書形】＋ところだった。表示差一點就造成某種後果，或達到某種程度是對已發生的事情的回憶或回想。

例 もう少しで車にはねられるところだった。

差點就被車子撞到了。

ところだ
剛要…、正要…

【動詞辭書形】＋ところだ。表示將要進行某動作，也就是動作、變化處於開始之前的階段。

例 今から寝るところだ。

現在正要就寢。

10

にわたって、にわたる、にわたり、にわたった 經歷…、各個…、一直…、持續…。或不翻譯。

比較

をつうじて 透過…、通過…；在整個期間…、在整個範圍…

【名詞】＋にわたって、にわたる、にわたり、にわたった。前接時間、次數及場所的範圍等詞。表示動作、行為所涉及到的時間範圍，或空間範圍非常之大。

例 わが社の製品は、50年にわたる長い間、人々に愛用されてきました。

本公司的產品，長達50年間深受大家的喜愛。

【名詞】＋をつうじて。表示利用某種媒介（如人物、交易、物品等），來達到某目的（如物品、利益、事項等）；又後接表示期間、範圍的詞，表示在整個期間或整個範圍內。

例 彼女を通じて、間接的に彼の話を聞いた。

透過她，間接地知道他所說的。

11

もの、もん 因為…嘛

比較

ものだから 就是因為…，所以…

【[名詞・形容動詞詞幹]んだ；[形容詞・動詞]普通形んだ】＋もの、もん。助詞「もの（もん）」接在句尾，多用在會話中。表示說話人很堅持自己的正當性，而對理由進行辯解。敘述中語氣帶有不滿、反抗的情緒。

例 哲学の本なんて読みたくないよ。難しすぎるもん。

人家看不懂哲學書，因為太難了嘛！

【[名詞・形容動詞詞幹]な；[形容詞・動詞]普通形】＋ものだから。表示原因、理由。常用在因為事態的程度很厲害，因此做了某事。含有對事出意料之外、不是自己願意等的理由，進行辯白。結果是消極的。

例 足が痺れたものだから、立てませんでした。

因為腳麻，所以站不起來。

12

わけだ 當然…、怪不得…

比較

にちがいない 一定是…、准是…

【形容動詞詞幹な；[形容詞・動詞]普通形】＋わけだ。表示按事物的發展、事實、狀況合乎邏輯地必然導致這樣的結果。

例 彼はうちの中にばかりいるから、顔色が青白いわけだ。

因為他老待在家，難怪臉色蒼白。

【名詞；形容動詞詞幹；[形容詞・動詞]普通形】＋にちがいない。表示說話人根據經驗或直覺，做出非常肯定的判斷。

例 あの煙は、仲間からの合図に違いない。

那道煙霧，肯定是朋友發出的暗號。

4 新日檢實力測驗

問題1　つぎの文の（　　）に入れるのに最もよいものを、1・2・3・4から一つえらびなさい。

1 A「先生に相談に行ったの？」

B「そうなの。将来の（　　　）ご相談したいことがあって。」

1　ほうを　　　　　　　　　　　2　ためを

3　ことで　　　　　　　　　　　4　なんか

2 （会社で）

A「課長はお出かけですか？」

B「いえ、会議中です。3時（　　　）終わると思います。」

1　まででは　　　　　　　　　　2　では

3　までには　　　　　　　　　　4　ごろから

3 A「ねえ、あなたの（　　　）どんな人？」

B「普通の人だよ。なに、興味あるの？」

1　お兄さんが　　　　　　　　　2　お兄さんに

3　お兄さんって　　　　　　　　4　お兄さんでも

4 A「英語は話せますか。」

B「そうですね。話せる（　　　）話せますが、自信はないです。」

1　ことに　　　　　　　　　　　2　ことは

3　ことが　　　　　　　　　　　4　ものの

5 展覧会は、9月の5日から10日間に（　　　）開かれるそうです。

1　ついて　　　　　　　　　　　2　までに

3　通じて　　　　　　　　　　　4　わたって

問題2　つぎの文の＿★＿に入る最もよいものを、1・2・3・4から一つえらびなさい。

6 日本の＿＿＿＿　＿＿＿＿　＿★＿　＿＿＿＿　見事な花を咲かせます。

1　3月末から　　　　　　　　　2　かけて

3　桜は　　　　　　　　　　　　4　4月初めに

5 翻譯與解題

問題 1

Answer ❸

A「先生に相談に行ったの？」
B「そうなの。将来の（　　　）ご相談したいことがあって。」

1　ほうを　　　　　2　ためを　　　　　3　ことで　　　　　4　なんか

A：「你去找老師談過了嗎？」
B：「是啊，想和老師商量（關於）未來的（出路）。」

1方面　　　　　2為了　　　　　3（關於）～之事　　　4什麼的

「ことで」は言い換えると「ことについて」ということ。

1「ほうを」は「いくつかあるうちで、一つの方法」。2「ためを」は「利益になること。役に立つこと」。4「なんか」は「意外な気持ちや、否定の気持ち」を表す。「なんか」の後は、否定のことばが続く。「なんて」とも言う。

例：

1　同じ大きさなら、安いほうを買いたい。

2　子どものためを思って、きびしく育てる。

3　明日の試験のことで、話があります。

4　なみだなんか、出すものか。

「ことで／（關於）～之事」換個說法也就是「ことについて／關於～之事」。

選項1「ほうを／的方面」的意思是「いくつかあるうちで、一つの方法／幾個選項的其中一個方法」。選項2「ためを／為了」是「利益になること。役に立つこと／可得到利益的事。可得到幫助的事」。選項4「なんか／什麼的」是表達「意外な気持ちや、否定の気持ち／意外的感覺或否定的心情」。「なんか」之後多接否定用詞。也可以用「なんて／似乎是」。

例句：

1　如果大小差不多的話，想要買便宜的。

2　為了孩子著想而採取嚴格的教育方式。

3　關於明天的考試，我有些話要說。

4　眼淚什麼的，才不會輕易流下呢！（亦即，我才不會輕易流淚呢！）

2

（会社で）
A「課長はお出かけですか？」
B「いえ、会議中です。3時（　　　　）終わると思います。」

1　まででは　　　　2　では　　　　　3　までには　　　　4　ごろから

（公司裡）
A：「請問科長出去了嗎？」
B：「不，科長在開會。我想3點（之前）會結束。」

1在～之前　　　　2在～方面　　　　3之前　　　　　　4大約從～開始

「3時までには」というと、会議が終わるのは、「3時より遅くなることはない」という意味である。「3時までに」を強めた言い方である。

4「ごろから」の「から」は「始まる時間を表すことば」なので不正解。

例：

3　昼までにはレポートをまとめて、提出します。

4　7時ごろからラッシュが始まる。

「3時までには／3點之前」表示會議結束的時間「3時より遅くなることはない／不會晚於3點」，為「3時までに／3點之前」的加強語氣用法。

選項4「ごろから／大約從～開始」的「から／從～」是「表示開始時間的用詞」，所以不正確。

例句：

3　在中午前把報告整理好並提交上來。

4　從7點左右開始塞車。

3

Answer ❸

A「ねえ、あなたの（　　　　）どんな人？」
B「普通の人だよ。なに、興味あるの？」

1　お兄さんが　　　2　お兄さんに　　　3　お兄さんって　　　4　お兄さんでも

A：「我問你，你（哥哥他是）什麼樣的人？」
B：「很普通啊。怎麼，你有興趣嗎？」

1哥哥　　　　　　2對哥哥　　　　　3哥哥他是　　　　　4即使是哥哥

「あなたのお兄さんは」を話しことばで表すと「あなたのお兄さんって」である。したがって、3が正しい。

例：

「あなたのお兄さんは／你的哥哥是」的口語形是「あなたのお兄さんって／你哥哥他是」。因此正確答案是選項3。

例句：

3　A「あなたのお父さんって、何をしている人？」
　　B「父はエンジニアだよ。」

3　A：「你爸爸他是做什麼的？」
　　B：「我爸是工程師啊。」

4　Answer ❷

A「英語は話せますか。」
B「そうですね。話せる（　　　）話せますが、自信はないです。」
1　ことに　　　　2　ことは　　　　3　ことが　　　　4　ものの

A：「你會說英文嗎？」
B：「這個嘛，說（是）會說，但是沒有把握。」
1 的是　　　　2 是　　　　3 X　　　　4 儘管

「～ことは～が」の文。問題文は、話せることを否定はしていないが、自信がないのである。つまり、前で、前提となることを否定しないで、後の文につなげている文になっている。
例：
2　ギターは、弾けることは弾けるが、上手じゃない。
　（ギターが弾けることを否定はしていない。）

這題是「～ことは～が／是～但～」的句型應用。題目表示雖然沒有否認會說英語，但是沒有自信。也就是在沒有否定前項的前提之下，連接後文的句子。
例句：
2　吉他嘛，彈是會彈，但彈得不好。
　（沒有否定會彈吉他的事實。）

5　Answer ❹

展覧会は、9月の5日から10日間に（　　　）開かれるそうです。
1　ついて　　　　2　までに　　　　3　通じて　　　　4　わたって

聽說展覽將從九月五日開始（持續）展出十天。
1 對於　　　　2 直到　　　　3 藉由　　　　4 持續

10年間続くという意味のことばは「わたる」。「～にわたって」というように助詞「に」が付く。したがって、4が正しい。

2「までに」は「～から～まで」の範囲を表すことばで、「まで」の前に「に」は付かないので不正解。

例：

4 半年にわたって、南アメリカを旅行します。

表達持續10天的詞語是「わたる／持續」。前面要加上助詞「に」，變成像「～にわたって／持續」的句型。因此，正確答案是選項4。選項2「までに／直到」是表示「從～到～」的範圍，但是「まで／到」的前面不會用「に」，所以不正確。

例句：

4 我要到南美洲旅行長達半年。

問題2

6　Answer **④**

日本の_____ _____ ★ _____ 見事な花を咲かせます。
1 3月末から　　2 かけて　　3 桜は　　4 4月初めに

日本的 3 櫻花 1 從三月底 4 到四月初 2 之間 會綻放出美麗的花。
1 從三月底　　2 之間　　3 櫻花　　4 到四月初

正しい語順：日本の 桜は 3月末から 4月初めに かけて 見事な花を咲かせます。

問題文の最初が「日本の」なので、後には名詞が続く。名詞は「3月末」「桜」「4月初め」だが、文が通じるのは「桜」である。「かけて」は、「～から～に」の形で、「～から～にわたって」という意味を表す。「3月末から4月初めにかけて」となる。なお、問題文の述語は「咲かせます」で、主語は「桜は」である。

正確語順：日本的櫻花從三月底到四月初之間會綻放出美麗的花。

由於題目的句首是「日本の／日本的」，所以後面應該接名詞。名詞的選項有「3月末／從三月底」、「桜／櫻花」、「4月初め／到四月初」，但是符合文意的只有「桜」。「かけて／之間」的意思是「～から～に／從～到～」的句型，也就是「～から～にわたって／從～到～之間」，所以是「3月末から4月初めにかけて／從三月底到四月初之間」。此外，本題的述語是「咲かせます／使綻放」，主語是「桜は／櫻花」。

このように考えていくと、「3→1→
4→2」の順となり、問題の＿＿★＿＿に
は、4の「4月初めに」が入る。

如此一來順序就是「3→1→4→2」，
＿＿★＿＿的部分應填入選項4「4月初めに
／到四月初」。

JLPT
新制日檢模擬考題

全一回

問題 1　つぎの文の（　　）に入れるのに最もよいものを、1・2・3・4から
　　　　一つえらびなさい。

1 子ども「ねえ、お母さん、僕の手袋、知らない？」
　母親「ああ、青い手袋ね。玄関の棚の上に置いて（　　　）わ。」
　1　おく　　　　2　みる　　　　　3　いた　　　　　4　おいた

2 私も（　　　）一人でヨーロッパに行ってみたいと思っています。
　1　いつか　　2　いつ　　　　　3　間もなく　　　4　いつに

3 A「この引き出しには、何が入っているのですか。」
　B「写真だけ（　　　）入っていません。」
　1　ばかり　　2　が　　　　　　3　しか　　　　　4　に

4 クラスの代表（　　　）、恥ずかしくないようにしっかりがんばります。
　1　とすると　2　だけど　　　　3　なんて　　　　4　として

5 先生はどんなことを研究（　　　）いるのですか。
　1　せられて　2　なさられて　　3　されて　　　　4　させられて

6 夏生まれの母は、暑くなるに（　　　）元気になる。
　1　しても　　2　ついて　　　　3　したら　　　　4　したがって

7 A「あなたのご都合はいかがですか。」
　B「はい、私は大丈夫です。社長のご都合がよろしければ、明日（　　　）と、
　お伝えください。」
　1　おいでます2　伺います　　　3　参りました　　4　いらっしゃる

8 A「今日は、20分でお弁当を作る方法をお教えします。」

B「まあ、それは、忙しい主婦に（　　　）、とてもうれしいことです。」

1 とって　　　2 ついて　　　　3 しては　　　　4 おいて

9 大事な花瓶を割って（　　　）。ごめんなさい。

1 ちまった　2 しまった　　　3 みた　　　　4 おいた

10 この計画に（　　　）意見があれば述べてください。

1 よって　　　2 しては　　　　3 対して　　　　4 しても

11 朝早く起きた（　　　）、今日は一日中眠かった。

1 ことに　　　2 とおりに　　　3 せいか　　　　4 だから

12 つまらない冗談を言って、彼を（　　　）しまった。

1 怒らさせて　　　　　　　2 怒りて　　　　3 怒られて　　4 怒らせて

13 外国で働いている父は、いつも「学生時代にもっと英語を勉強しておけば

（　　　）。」と思っているそうだ。

1 よい　　　2 よかった　　　3 済んだ　　　　4 おいた

問題2　つぎの文の＿★＿に入る最もよいものを、1・2・3・4から一つえらびなさい。

14　母親「明日試験＿＿＿＿＿　＿＿＿＿＿　＿★＿　＿＿＿＿＿　つもりなの？」

子ども「これからしようと思ってたんだよ。」

　　1　ちっとも　　2　勉強しないで　3　なのに　　　4　どうする

15　私は映画が好きなので、これから＿＿＿＿＿　＿＿＿＿＿　＿★＿　＿＿＿＿＿思っています。

　　1　研究しようと　　　　　　　2　関して　　　3　映画に　4　世界の

16　母が、私の＿＿＿＿＿　＿★＿　＿＿＿＿＿　＿＿＿＿＿　よくわかりました。

　　1　どんなに　2　ことを　　　3　心配して　　4　いるか

17　気温が急に高くなった＿＿＿＿＿　＿★＿　＿＿＿＿＿　＿＿＿＿＿　どうもよくない。

　　1　体の　　　　2　か　　　　3　せい　　　　4　調子が

18　このスカートは少し小さいですので、＿＿＿＿＿　＿＿＿＿＿　＿★＿　＿＿＿＿＿替えていただけますか。

　　1　大きい　　2　もっと　　　3　に　　　　　4　の

問題3 次の文章を読んで、文章全体の内容を考えて、 19 から 23 の中に入る最もよいものを、1・2・3・4から一つえらびなさい。

下の文章は、留学生のサリナさんが、旅行先で知り合った鈴木さんに出した手紙である。

暑くなりましたが、お元気ですか。

山登りの際には、いろいろとお世話になりました。山を下りてから、急におなかが 19 困っていた時、車でホテルまで送っていただいたので、とても助かりました。次の日に病院へ行くと、「急に暑くなって、冷たい飲み物 20 飲んでいたので、調子が悪くなったのでしょう。たぶん一種の風邪ですね。」と医者に言われました。翌日、一日 21 すっかり治って、いつも通り大学にも行くことができました。おかげさまで、今はとても元気です。

私の大学ではもうすぐ文化祭が 22 。学生たちはそれぞれ、いろいろな準備に追われています。私は一年生なので、上級生ほど大変ではありませんが、それでも、文化祭の案内状やポスターを作ったり、演奏の練習をしたり、忙しい毎日です。

鈴木さんが 23 にいらっしゃる時は、ぜひ連絡をください。またお会いできることを楽しみにしています。

サリナ・スリナック

19

1　痛い　　　2　痛いから　　　3　痛くない　　　4　痛くなって

20

1　ばかり　　　2　だけ　　　3　しか　　　4　ぐらい

21

1　休めば　　　2　休んだら　　　3　休むなら　　　4　休みなら

22

1　始めます　　　2　始まります　　　3　始まっています　4　始めています

23

1　あちら　　　2　こちら　　　3　そちら　　　4　どちら

1　Answer **4**

子ども「ねえ、お母さん、僕の手袋、知らない？」
母親「ああ、青い手袋ね。玄関の棚の上に置いて（　　　）わ。」

1　おく　　　　　　2　みる　　　　　　3　いた　　　　　4　おいた

小孩：「媽媽，我問一下，妳知道我的手套在哪裡嗎？」
母親：「喔，你想找藍色的手套吧。（就）擺在門口的架子上啊。」
1（事先）做好～　2試試看　　　　　3已經～了　　　　4（已經事先）做好～了

（　）は、「～ておく」の形で、前もって用意するという意味の「おく」が入るが、問題文の場合は、母親が前にしたことなので、「過去形（「た形」）」にすることに注意する。したがって、4「おいた」が正しい。

1「おく」は辞書形なので不正解。

例：

1　明日の予習をしておく。
　（ここでは、これからのことなので、辞書形でよい。）

2　サイズが合うかどうか着てみる。
　（「～てみる」の形で、「ためしに～する」という意味を表す。）

3　妹が寝ていた。
　（動作を表すことばの後に続けて、その動作が続いている様子を表す。）

4　部屋を片づけておいた。
　（すでに終わっているので、「た形」にする。）

（　）的部分是「～ておく／（事先）做好～」的句型，應填入具有「事先準備好」之語意的「おく」，但本題的情況是母親已經做完的事了，所以要用「過去式（た形）」，請特別留意。因此，正確案是選項4「おいた」。

選項1「おく／（事先）做好～」是辭書形所以不正確。

例句：

1　先做好明天的預習。
　（此處是指接下來要做的事，所以用辭書形即可。）

2　試穿看看尺寸合不合。
　（「～てみる／試試看」的句型，也就是「ためしに～する／嘗試」的意思。）

3　妹妹已經睡著了。
　（接在表示動作的詞語之後，表示該動作持續進行的狀態。）

4　已經把房間打掃好了。
　（已經完成的事情，所以用「た形」。）

2

私も（　　　　）一人でヨーロッパに行ってみたいと思っています。
1　いつか　　　　　2　いつ　　　　　3　間もなく　　　　4　いつに

（總有一天）我也要嘗試一個人去歐洲。
1總有一天　　　2何時　　　　　3不久　　　　　　4何時

（　　）には、「はっきり言えないが近いうちのある時」を表す、1「いつか」が入る。

2「いつ」4「いつに」は質問の文に使うので不正解。

例：
1　いつか着物をきてみたい。
2　いつ日本へ来ましたか。
　　（はっきりわからない時を質問することば。）
3　間もなく出発時間です。
　　（ある時からあまり時間がたっていない様子。）
4　いつになったら暖かくなるのか。
　　（「いつ」に、時を表す「に」が付いた形。）

（　　）中要表達「はっきり言えないが近いうちのある時／沒辦法明確說明，但那是最近的事」，因此填入選項1「いつか／總有一天」。

選項2「いつ／何時」以及選項4「いつに／何時」用在疑問句，所以不正確。

例句：
1　總有一天想穿上和服。
2　你何時來到日本的呢？
　　（用於詢問不確定的時間。）
3　馬上就要出發了。
　　（從某個時刻起算尚未太久。）
4　要到什麼時候才開始變暖暖呢？
　　（在「いつ／何時」後面接上表示時間的「に」。）

3

クラスの代表（　　　　）、恥ずかしくないようにしっかりがんばります。
1　とすると　　　2　だけど　　　　3　なんて　　　　4　として

（身為）班級代表，要好好努力以不負眾望。
1要是　　　　　2雖然　　　　　3之類的　　　　4身為

クラスの代表の立場で、という意味を表すことばは4「として」。「～として」は「～の立場で」と言い換えることができる。

用來表示「基於班級代表立場」的詞語是選項4「として／身為」。「として」可以替換為「～の立場で／在～的立場上」。

例：

例句：

4 留学生として、ふさわしい行動を
しようと思う。
（「留学生の立場で」。）

4 身為留學生，我認為行為應該謹守分
際。
（「留学生の立場で／在留學生的立場
上」。）

4

Answer ❸

先生はどんなことを研究（　　　）いるのですか。
1 せられて　　　　2 なさられて　　　3 されて　　　　4 させられて

老師正在（做）什麼研究呢？
1 X　　　　　　2 X　　　　　　3 做　　　　　　4 被叫去做

先生のことを言っているので尊敬語を
使う。「する」の尊敬語は「される」。
「いる」に続くので3「されて」にな
る。
4 「させられて」は使役受身である。
例：
3 先生はどんな本を読まれているの
ですか。
（「読む」の尊敬。）
4 母に部屋の掃除をさせられた。
（「する」の使役受身）

因為敘述的是老師的事情，所以使用尊敬
語。「する／做」的尊敬語是「される／
做」。由於後面接的是「いる」，所以答
案是選項3「されて」。選項4的「させ
られて／被叫去做」是使役被動形。
例句：
3 請問老師正在讀什麼樣的書呢？
（「読む／讀」的敬語。）
4 我被媽媽叫去打掃房間。
（「する」的使役被動形。）

5

Answer ❹

夏生まれの母は、暑くなるに（　　　）元気になる。
1 しても　　　　　2 ついて　　　　　3 したら　　　　4 したがって

在夏天出生的媽媽，（隨著）天氣越來越熱，也越來越有精神了。
1 即使　　　　　2 對於　　　　　3 對～而言　　　　4 隨著

問題文は、「暑くなるにつれて、元気
になる」ということ。「～につれて」
に当たることばは4「したがって」で

題目的意思是「隨著天氣變熱，也變得有
精神了」。相當於「～につれて／隨著」
的詞語是選項4「したがって／隨著」，

ある。「〜にしたがって」の形で使われる。

例：

4 森の中に入るにしたがって、辺りがだんだん暗くなってきた。

亦即「〜にしたがって/隨著」的句型。

例句：

4 隨著進入森林越深，周圍也逐漸暗了下來。

6

A「あなたのご都合はいかがですか。」
B「はい、私は大丈夫です。社長のご都合がよろしければ、明日（　　　）と、お伝えください。」

1 おいでます　　　2 伺います　　　3 参りました　　　4 いらっしゃる

A：「你時間上方便嗎？」
B：「是的，我這邊沒問題。煩請轉告，總經理方便的話，明天將（前去拜訪）。」

1 前來　　　　　2 前去拜訪　　　3 前去了　　　4 到訪

自分の行為なので謙譲語を使う。「行きます」の謙譲語は「伺います」と「参ります」だが、3「参りました」は明日のことに過去形（「た形」）を使っているので不正解。

したがって、2「伺います」が正しい。

4「いらっしゃる」は「行く」「来る」「いる」の尊敬語である。

例：

2 明日、お宅へ伺います。
　（「行く」の謙譲語。）

3 母は、すぐに参りますので、こちらでお待ちください。
　（「来る」の謙譲語。）

4 東京には何日間いらっしゃいますか。
　（「いる」の尊敬語。）

因為是敘述自己的行為，所以用謙讓語。「行きます/去」的謙讓語是「伺います/去」和「参ります/去」，但是題目說的是說明天的事情，而選項3「参りました/前去了」是過去式（た形），所以不正確。

因此，正確案是選項2「伺います/前去拜訪」。

選項4「いらっしゃる/到訪」是「行く/去」、「来る/來」、「いる/在」的尊敬語。

例句：

2 明天將前往拜訪貴府。
　（「行く/去」的謙讓語。）

3 媽媽很快就來，請在這裡稍待。
　（「来る/來」的謙讓語。）

4 請問您將在東京暫留幾天呢？
　（「いる/在」的尊敬語）

A「今日は、20分でお弁当を作る方法をお教えします。」
B「まあ、それは、忙しい主婦に（　　　）、とてもうれしいことです。」

1　とって　　　　2　ついて　　　　3　しては　　　　4　おいて

A：「今天教您二十分鐘就能做出便當的方法。」
B：「哇，（對於）忙碌的家庭主婦而言，真是令人開心的好消息。」

1 對於　　　　2 針對　　　　3 算是　　　　4 在～上

問題文は「忙しい主婦の場合は、とてもうれしいことだ」ということ。「～の場合は」に当たる言い方は「～にとって」である。したがって、1が正しい。2「～（に）ついて」は「～に関して」ということ。3「～（に）しては」は「とは思えないくらい」ということ。意外な気持ちを表す。4「～（に）おいて」は「～で」に言い換えることができる。

例：

1　<u>学生にとって</u>、勉強は大切です。
　　（＝学生の場合は）

2　<u>環境問題について</u>話し合います。
　　（＝環境問題に関して）

3　あの子は、<u>子どもにしては</u>、よく気がつきます。
　　（＝子どもとは思えないくらい）

4　<u>わたしの責任において</u>、計画を変更します。
　　（＝わたしの責任で）

題目的意思是「對於忙碌的家庭主婦而言，是非常開心的事」。與「～の場合は／～的情況」語意相同的句型是「～にとって／對於～而言」。因此選項1是正確答案。選項2「～（に）ついて／針對～」是「關於～」的意思。選項3「～（に）しては／算是」的意思是「簡直令人不敢相信」，表示感到意外。選項4「～（に）おいて／在～上」可以替換成「～で／在」。

例句：

1　<u>對學生而言</u>，讀書很重要。
　　（＝就學生來說）

2　<u>針對環境問題</u>討論。
　　（＝關於環境問題）

3　那個孩子，<u>以小孩子來說算是</u>，非常細心了。
　　（＝令人不敢相信他只是個小孩）

4　變更計畫，<u>由我全權負責</u>。
　　（＝我來負責）

8

Answer ❷

大事な花瓶を割って（　　　）。ごめんなさい。

| 1　ちまった | 2　しまった | 3　みた | 4　おいた |

我把珍貴的花瓶打碎（了），對不起。

| 1～了 | 2～了 | 3嘗試 | 4（事先）做好～ |

「てしまった」は、なにか失敗した時に言うことばである。悪いことをしたという気持ちを表す。

3「～てみた」は「ためしに～した」ということ。4「～ておいた」は「準備のために、前もって～した」ということ。

例：

2　友達の本を破いて<u>しまった</u>。

3　さしみを食べて<u>みた</u>。

4　宿題をすませて<u>おいた</u>。

「てしまった／～了」是在搞砸某事時說的話，表現出做錯事的心情。

選項3「～てみた／嘗試」的意思是「試著做～」。選項4「～ておいた／（事先）做好～」的意思是「為了準備，事先做了～」。

例句：

2　弄破朋友的書<u>了</u>。

3　<u>嘗試</u>吃了生魚片。

4　<u>已經先</u>把作業寫完了。

9

Answer ❸

この計画に（　　　）意見があれば述べてください。

| 1　よって | 2　しては | 3　対して | 4　しても |

（對於）這項計畫，如果有意見請提出來。

| 1因為 | 2以～來說 | 3對於 | 4即使 |

問題文は、この計画についての意見を聞いている。「～について」の意味にあたることばは3「対して」である。

例：

1　事故に<u>よって</u>、道路は渋滞している。

（渋滞の原因。）

題目的意思是想聽取針對這個計畫所提出的意見。與「～について／對於～」意思相同的詞語是選項3「対して／對於」

例句：

1　<u>因為</u>交通事故導致路上塞車了。

（塞車的原因。）

2 子どもにしては、しっかりしています。
（子どもとは思えないくらい。）

3 彼の意見に対して、どう思いますか。
（彼の意見について。）

4 それにしても、なぜ彼はうそを言ったのでしょう。
（前に述べたことはそれとして、次に述べることが大切だという時に使うことば。だけど。それでも。）

2 以小孩子來說，他真精明。
（令人不敢相信他是小孩子。）

3 對於他的意見，你怎麼看？
（針對他的意見。）

4 雖說如此，他為什麼要說謊呢？
（用於表達前面說的事暫且不管，接下來說的事才重要。有「不過」、「即便如此」之意。）

---

10   Answer **3**

朝早く起きた（　　　　）、今日は一日中眠かった。

1 ことに　　　　2 とおりに　　　　3 せいか　　　　4 だから

（可能是因為）太早起了，今天一整天都很睏。

1 的是　　　　2 按照　　　　3 可能是因為　　　　4 因為

問題文は「朝早く起きたためか、眠かった」ということ。「ために」と同じ意味のことばは3「せい」。「せいか」の「か」は「はっきりしないけどたぶんそうだろうという気持ちを表すことば」。「朝早く起きたためだろう」と思っている。

4「だから」は「起きた」に続かないので不正解。前が動詞なので、「だ」は不要である。

例：

2 母が教えてくれたとおりに、料理を作った。
（母が教えてくれたのと同じに。）

題目的意思是「不知道是不是早起的緣故，很睏」。而和「ために／因為」意思相同的詞語是選項3的「せい／因為」。「せいか／可能是因為」的「か」帶有「雖然不肯定，但大概是這樣吧」的語感。題目的意思是「大概是因為早起吧」。

選項4「だから／因為」的後面不會接「起きた／起床」，所以不正確。並且（　）前面的「起きた／起床」是動詞，因此「だから／因為」的「だ」是不需要的。

例句：

2 按照媽媽教的做了菜。
（和媽媽教過的一樣。）

---

3 歩きすぎたせいか、足が痛い。
（歩きすぎたためだろうか。）

4 雨だから、部屋で本を読もう。
（雨が降っているから。）

3 不知道是不是因為走太久了，腳很痛。
（應該是因為走太久了。）

4 因為下雨，待在房間裡看書吧。
（因為正在下雨。）

11　　　　　　　　　　　　　　　　　　Answer **2**

彼女が何も言わないで家を出るなんて（　　　　）。
1 考えられる　　2 考えられない　　3 はずだ　　4 考える

真（無法相信）她竟一句話也沒說就離家出走。
1 可以想像　　2 無法相信　　3 應該是　　4 思考

（　）の前の「なんて」は意外な気持ち、前のことばを否定する気持ちを表す。後には否定的なことばが続く。否定的なことばは2「考えられない」である。
例：
2 まじめな彼女が遅刻するなんて、信じられない。

（　）前面的「なんて／竟然～」表示意外的、否定前面事項的心情，後面要接否定的詞語。否定的詞語是選項2「考えられない／無法想像」。

例句：
2 認真嚴謹的她居然會遲到，真令人不敢相信。

12　　　　　　　　　　　　　　　　　　Answer **4**

つまらない冗談を言って、彼を（　　　　）しまった。
1 怒らさせて　　2 怒りて　　3 怒られて　　4 怒らせて

開了個無聊的玩笑，結果（惹）他（生氣）了。
1 X　　2 X　　3 被訓斥　　4 惹～生氣

（　）には「怒る」の使役形が入る。また、「しまった」に続くので「て形」になる。したがって、4「怒らせて」が適切。
1「怒らさせて」は使役形の作り方を間違えている。「さ」はいらない。3

（　）應填入「怒る／生氣」的使役形。另外，因為後面接的是「しまった」，所以應該寫成「て形」。因此，選項4「怒らせて／惹～生氣」最恰當。

選項1「怒らさせて」這種使役形的活用

「怒られて」は受身形である。

例：

3 遅刻して先生に<u>怒られて</u>しまった。
（受身形）

4 うそを言って、母を<u>怒らせて</u>しまった。
（使役形）

變化是錯誤的，多了「さ」。選項3「怒られて／被訓斥」是被動形。

例句：

3 遲到<u>挨</u>了老師<u>罵</u>。
（被動形）

4 說謊惹媽媽<u>生氣</u>了。
（使役形）

---

13 Answer **2**

外国で働いている父は、いつも「学生時代にもっと英語を勉強しておけば（　　　）。」と思っているそうだ。

| 1 よい | 2 よかった | 3 済んだ | 4 おいた |

在國外工作的父親似乎總是認為「要是學生時代更努力學習英文（就好了）」。

| 1 好 | 2 就好了 | 3 結束了 | 4 做好 |

「～ばよかった」で、後悔の気持ちを表す。問題文は、英語を勉強しなかったことを後悔している。

1 「よい」は、過去形（「た形」）にする必要がある。

例：

2 彼女にあんなことを<u>言わなければよかった</u>。
（言ったことを後悔している。）

「～ばよかった／要是～就好了」用於表達後悔的心情。題目是在為當初沒有好好學英文而感到後悔。

選項1「よい／好」必須改成過去式（「た形」）。

例句：

2 <u>如果沒有對她說那種話就好了</u>。
（為說過的話感到後悔。）

14

母親「明日試験＿＿＿＿ ＿＿＿＿ ＿★＿ ＿＿＿＿ つもりなの？」
子ども「これからしようと思ってたんだよ。」
1 ちっとも　　　　2 勉強しないで　　3 なのに　　　　4 どうする

> 母親：「明天 3明明就要 考試了還 1一點都 2不念書，你打算 4怎麼辦？」
> 小孩：「我現在就要念了啦！」
> 1一點都　　　　　　2不念書　　　　　3明明就要　　　　4怎麼辦

正しい語順：母親「明日試験　なのに ちっとも　勉強しないで　どうする つもりなの？」

「試験」は名詞。名詞に続くのは助動詞「だ（な）」＋助詞「のに」である。また、「つもり」の前に来る語は動詞の連体形である。さらに、「ちっとも〜ない」の形に注意する。「ちっとも」は後に否定の形が来るので、「ちっとも勉強しないで」となることがわかる。
このように考えていくと、「3→1→2→4」の順となり、問題の＿★＿には、2の「勉強しないで」が入る。

正確語順：「明天明明就要考試了還一點都不念書，你打算怎麼辦？」

「試験／考試」是名詞。名詞之後應該是接助動詞「だ（な）」＋助詞「のに／明明」。此外，「つもり／打算」之前應填入動詞的連體形。另外還要注意「ちっとも〜ない／一點都不」的用法。「ちっとも／一點都」後面應該接否定形，由此可知應是「ちっとも勉強しないで／一點都不念書」。

如此一來順序就是「3→1→2→4」，＿★＿應填入選項 2 的「勉強しないで／不念書」。

15

私は映画が好きなので、これから＿＿＿＿ ＿＿＿＿ ＿★＿ ＿＿＿＿思っています。
1 研究しようと　　2 関して　　　　3 映画に　　　　4 世界の

> 因為我很喜歡電影，所以今後希望 1 著手研究 2關於 4全世界的 3電影。
> 1 著手研究　　　　2關於　　　　　　3電影　　　　　　4全世界的

正しい語順：私は映画が好きなので、これから　世界の映画に　関して　研究しようと　思っています。

問題文の最後が「思っています」なので、その前は引用を表す助詞「と」が来て、「研究しようと思っています」になる。また、「関して」は前に「名詞＋に」の形の語が来るので、「映画に関して」になる。「世界の」の「の」は連体修飾を表すので、後は名詞が来る。名詞は「映画」だけなので、「世界の映画に関して」となる。
このように考えていくと、「4→3→2→1」の順となり、問題の＿★＿には、2の「関して」が入る。

正確語順：因為我很喜歡電影，所以今後希望著手研究關於全世界的電影。

由於題目最後是「思っています／希望」，因此這之前應填入表示引用的助詞「と」，變成「研究しようと思っています／希望著手研究」。另外，「関して／關於」之前應是「名詞＋に」的句型，所以是「映画に関して／關於電影」。「世界の／世界」的「の」是表示連體修飾的用法，後面應連接名詞，由於名詞的選項只有「映画／電影」，所以是「世界の映画に関して／關於全世界的電影」。

如此一來順序就是「4→3→2→1」，＿★＿的部分應填入選項2「関して／關於」。

16

母が、私の＿＿＿＿　★　＿＿＿＿　＿＿＿＿　よくわかりました。

1　どんなに	2　ことを	3　心配して	4　いるか

我已經明白媽媽 1 有多麼 3 擔心 我了。

1 有多麼	2 事情	3 擔心	4 著呢

正しい語順：母が、私の　ことを　どんなに　心配して　いるか　よくわかりました。

問題部分の前が「私の」なので、その後には名詞の「ことを」が続く。「（よく）わかりました」の前は「～か（が）」になるので、「いるかよくわかりました」となる。また、「～ている」の形に注目すると、「心配して

正確語順：我已經明白媽媽有多麼擔心我了。

由於空格的前面是「私の／我（的）」，後面應該接名詞的「ことを／事情」。而「（よく）わかりました／已經明白」的前面應填入「～か（が）」，所以是「いるかよくわかりました／已經明白～著呢」。另外請注意「～ている」，可知應是「心配しているか／擔心著呢」。至於表示程

いるか」となる。程度を表す「どんなに」は動詞に係り、「どんなに心配しているか」となる。

このように考えていくと、「2→1→3→4」の順となり、問題の＿＿★＿＿には、1の「どんなに」が入る。

度的「どんなに／多麼」應該接動詞，所以變成「どんなに心配しているか／有多麼擔心著呢」。

如此一來順序就是「2→1→3→4」，＿＿★＿＿的部分應填入選項1「どんなに／有多麼」。

17

気温が急に高くなった＿＿＿＿ ＿★＿ ＿＿＿＿ ＿＿＿＿ どうもよくない。

1 体の　　　　2 か　　　　　　3 せい　　　　4 調子が

不知道是不是氣溫忽然升高的 3 緣故 2 呢，1 身體的 4 狀況 似乎不太好。

1 身體的　　　2 呢　　　　　3 緣故　　　　4 狀況

正しい語順：気温が急に高くなった せい か 体の 調子が どうもよくない。

「せいか」で、「ために」という意味を表す。「せいか」は普通形に接続するので、問題部分の前の「高くなった」の後に来る。また、「体の調子がよい／よくない（悪い）」という決まった言い方も覚えておこう。

このように考えていくと、「3→2→1→4」の順となり、問題の＿＿★＿＿には、2の「か」が入る。

正確語順：不知道是不是氣溫忽然升高的緣故呢，身體的狀況似乎不太好。

「せいか／緣故」是「ために／因為」的意思。因為「せいか」應接在普通形之後，由此可知是接在題目的「高くなった／升高」後面。另外，也請記住「体の調子がよい（よくない・悪い）／身體的狀況好（不好）」的習慣用法。

如此一來順序就是「3→2→1→4」，＿＿★＿＿的部分應填入選項2「か／呢」。

18

Answer **4**

このスカートは少し小さいですので、＿＿＿＿ ＿＿＿＿ ＿★＿ ＿＿＿＿替えていただけますか。

1 大きい	2 もっと	3 に	4 の

因為這件裙子有點小，可以換 2更 1大 4的 嗎？

1 大	2 更	3 ×	4 的

正しい語順：このスカートは少し小さいですので、<u>もっと</u> <u>大きい</u> <u>の</u> <u>に</u> 替えて いただけますか。

問題文の前半が、「このスカートは少し小さいですので」であることに注目する。もっと大きいもの（スカート）を希望している。選択肢4の「の」は、「もの」に置き換えることができる「の」である。この「の」は、普通形に接続するので、「もっと大きいの」になる。また、問題部分の後の「替えて」には、助詞「に」が付き、「～に替えて」の形になる。

このように考えていくと、「2→1→4→3」の順となり、問題の＿★＿には、4の「の」が入る。

正確語順：因為這件裙子有點小，可以換<u>更大的</u>嗎？

請留意題目的前半段「このスカートは少し小さいですので／因為這件裙子有點小」。由此可知應是想要更大一點的（スカート／裙子）。選項4的「の／的」是可以用來替換「もの／物品」的「の」。由於這個「の／的（物品）」接於普通形之後，所以是「もっと大きいの／更大一點的」。另外，題目後半段的「替えて／更換」前面必須用助詞「に」，變成「～に替えて／更換」的句型。

如此一來順序就是「2→1→4→3」，＿★＿應填入選項4「の」。

236　言語知識・文法

全1回 問題3 翻譯與解題

下の文章は、留学生のサリナさんが、旅行先で知り合った鈴木さんに出した手紙である。

暑くなりましたが、お元気ですか。

山登りの際には、いろいろとお世話になりました。山を下りてから、急におなかが　**19**　困っていた時、車でホテルまで送っていただいたので、とても助かりました。次の日に病院へ行くと、「急に暑くなって、冷たい飲み物　**20**　飲んでいたので、調子が悪くなったのでしょう。たぶん一種の風邪ですね。」と医者に言われました。翌日、一日　**21**　すっかり治って、いつも通り大学にも行くことができました。おかげさまで、今はとても元気です。

私の大学ではもうすぐ文化祭が　**22**　。学生たちはそれぞれ、いろいろな準備に追われています。私は一年生なので、上級生ほど大変ではありませんが、それでも、文化祭の案内状やポスターを作ったり、演奏の練習をしたり、忙しい毎日です。

鈴木さんが　**23**　にいらっしゃる時は、ぜひ連絡をください。またお会いできることを楽しみにしています。

サリナ・スリナック

以下文章是留學生薩里納寄給旅途中結識的鈴木先生的信。

夏天到了，您最近好嗎？

登山的時候受到您許多照顧。下山後，肚子忽然痛了起來，就在不知所措的時候，多虧您開車送我回旅館，真的幫了大忙。第二天，我去了醫院，醫生說：「應該是由於天氣忽然變熱，喝了太多冷飲，導致身體不舒服了。我想這屬於某種類型的感冒。」經過休息一天之後就痊癒了，隔天也可以和平時一樣去大學上課。託您的福，我現在非常健康。

我就讀的大學即將舉辦校慶，每個學生都為了各項準備而忙得不可開交。我還是一年級生，所以不像高年級生那麼辛苦，即使如此，還是需要製作校慶的邀請函和宣傳海報，以及練習演奏等等，每天都非常忙碌。

鈴木先生來到本地的時候，請務必和我聯繫。期待能再次見到您。

薩里納・蘇里納赫

Answer **4**

1 痛い	2 痛いから	3 痛くない	4 痛くなって
1 痛	2 因為痛	3 不痛	4 痛了起來

「おなかが痛い」を「おなかが痛くなる」の形にする。そして、空欄の後の「困って」に続くように「て形」にする。「～なる」は「それまでとはちがった状態にかわる」こと。
例：
4 台風が近づいて、風が強くなってきた。

這題是將「おなかが痛い／肚子痛」改為「おなかが痛くなる／肚子痛了起來」的句型。並且，為了接續空格後面的「困って／不知所措」，必須寫成「て形」。至於「～なる／變成～」的意思是「變成和以往不同的狀態」。
例如：
4 颱風逼近，風勢轉強。

20

Answer **1**

1 ばかり	2 だけ	3 しか	4 ぐらい
1 光是	2 只有	3 只有	4 大約

「冷たい飲み物」に限るという意味のことばは「ばかり」。
2「だけ」も同じような意味を表すが、「だけ」だと100％それという限定を表すのでここでは不正解。3「しか」も限定を表すが、「しか」は後に「～ない」などの否定の語がくるので不正解。4「ぐらい」はだいたいの程度を表す語なので不正解。
例：
1 弟は漫画ばかり読んでいる。
2 朝食はパンだけだった。
3 さいふには100円しかなかった。
4 駅まで10分ぐらいかかる。

表示喝的東西都是「冷たい飲み物／冷飲」之意的詞語是「ばかり／光是」。
選項2「だけ／只有」雖然也是相同的意思，但因為「だけ／只有」表示100％的限定，所以在本題不正確。選項3也表示限定，但「しか／只有」後面要接「～ない／不」等否定詞，所以不正確。選項4「ぐらい／大約」是表示大約程度的詞語，所以也不正確。
例句：
1 弟弟一天到晚光是看漫畫。
2 早餐只吃了麵包而已。
3 錢包裡只有100圓而已。
4 到車站大約要10分鐘左右。

21

1 休めば	2 休んだら	3 休むなら	4 休みなら
1只要休息	2經過休息之後	3如果休息	4如果睡覺

「～すると、その結果～になった」の意味を表す語は「たら」。前の語「休む」が「たら」に続く場合は「休んだら」のように、「だら」になる。

1「休めば」は仮定の言い方で、後は「治るだろう」などの形になるので不正解。3「休むなら」は「すっかり治って」に続かないので不正解。4「休みなら」では、意味が通じない。

例：

1 薬を飲めば治るだろう。

2 薬を飲んだら熱が下がった。

3 薬を飲むなら、食後がいいよ。

表示「做了～就變成～的結果」之意的詞語是「たら／之後」。前面的「休む／休息」連接「たら」之後則變成「休んだら／休息後」。

選項1「休めば／只要休息」是假設句型，後面應該接「治るだろう／會痊癒吧」之類的句子，所以不正確。選項3「休むなら／如果休息」後面不會接「すっかり治って／痊癒了」，所以不正確。選項4「休みなら／如果睡覺」不合語法邏輯。

例句：

1 只要吃藥的話就會痊癒了吧。

2 吃藥後燒退了。

3 如果要吃藥，飯後吃比較好哦。

22

1 始めます	2 始まります	3 始まっています	4 始めています
1舉辦	2舉辦	3正被舉辦	4正舉辦

空欄のすぐ前の助詞「が」に注意。自動詞が入ることがわかる。したがって、2「始まります」が適切。

1「始めます」、4「始めています」は他動詞なので不正解。3「始まっています」は、この手紙を書いた時点では、まだ始まっていないので不正解。

例：

請留意空格前的「が」，由此可知空格應填入自動詞。因此，選項2「始まります／舉辦」最合適。

選項1「始めます／舉辦」和選項4「始めています／正舉辦」是他動詞，所以不正確。選項3「始まっています／正被舉辦」也不正確，因為寫這封信的當下，校

1　ドアを<u>閉</u>める。（他動詞）
2　風でドアが<u>閉</u>まる。（自動詞）
3　入り口のドアが<u>閉</u>まっている。
　　（自動詞）
4　係りの人がドアを<u>閉</u>めている。
　　（他動詞）

慶還沒開始。

例句：

1　把門<u>關</u>上。（他動詞）

2　門被風吹得<u>關</u>上。（自動詞）

3　入口的大門是<u>關</u>著的。（自動詞）

4　負責人把門<u>關</u>上。（他動詞）

23

Answer ❷

1　あちら	2　こちら	3　そちら	4　どちら
1 那邊	2 這邊	3 那邊	4 哪邊

鈴木さんが行くのは、この手紙を書いたサリナさんの所。つまり、書き手に近い所。書き手（自分）に近い方向や場所を指す指示語は 2「こちら」である。

1「あちら」は自分からも相手からも遠く離れた方向や場所を表す指示語なので不正解。3「そちら」は相手がいる方向や場所、相手に近いものなどを指す指示語なので不正解。4「どちら」ははっきり決まらない方向や場所を表す指示語なので不正解。

例：

1　<u>あちら</u>にベンチがあるよ。

2　くつの売り場は<u>こちら</u>です。

3　<u>そちら</u>の天気はどうですか。

4　あなたの国は<u>どちら</u>ですか。

鈴木先生要去的地方是寫下這封信的薩里納那邊。也就是距離寫信者較近的地方。要指出離寫信者（自己）較近的方向或場所的指示語是選項2「こちら／這邊」。

選項1「あちら／那邊」是用於表示離自己和對方都很遠的方向或場所時的指示語，所以不正確。選項3「そちら／那邊」是指對方所在的方向或場所、或離對方比較近的物品等等時的指示語，所以不正確。

選項4「どちら／哪邊」是表達沒有明確指出的方向或場所時的指示語，所以不正確。

例句：

1　<u>那邊</u>有長椅耶！

2　鞋子的櫃位在<u>這邊</u>。

3　<u>那邊</u>的天氣如何呢？

4　請問你的國家在<u>哪裡</u>呢？

Index 索引

Index 索引

合格班日檢文法N3
攻略問題集＆逐步解說（18K＋MP3）

【日檢合格班 11】

- ■ 發行人／ 林德勝

- ■ 著者／ 吉松由美、西村惠子、大山和佳子、山田社日檢題庫小組

- ■ 出版發行／ 山田社文化事業有限公司
  地址　臺北市大安區安和路一段112巷17號7樓
  電話　02-2755-7622　02-2755-7628
  傳真　02-2700-1887

- ■ 郵政劃撥／ 19867160號　大原文化事業有限公司

- ■ 總經銷／ 聯合發行股份有限公司
  地址　新北市新店區寶橋路235巷6弄6號2樓
  電話　02-2917-8022
  傳真　02-2915-6275

- ■ 印刷／ 上鎰數位科技印刷有限公司

- ■ 法律顧問／ 林長振法律事務所　林長振律師

- ■ 定價／ 新台幣310元

- ■ 初版／ 2017年 12 月

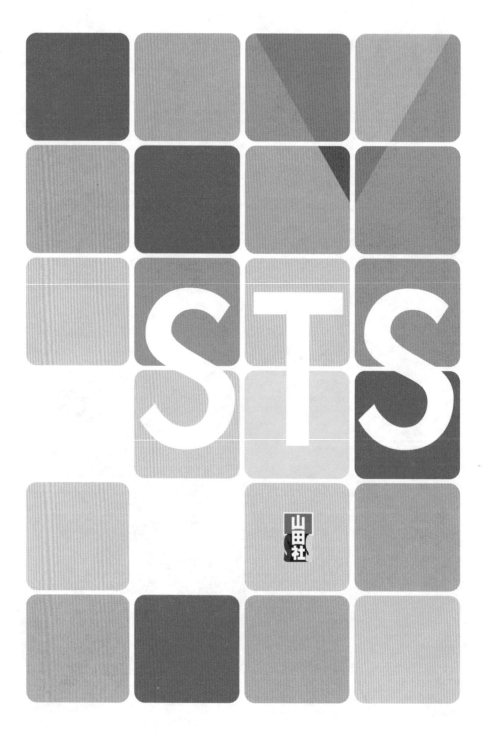